同题散文经典

陈子善 蔡翔 ◎ 编

许地山 陈丹燕 等 ◎ 著

女子的服饰
第二件红毛衣

人民文学出版社

图书在版编目(CIP)数据

女子的服饰 第二件红毛衣 / 许地山等著；陈子善，蔡翔编.
—北京：人民文学出版社，2017(2024.10 重印)
（同题散文经典）
ISBN 978-7-02-012707-8

Ⅰ.①女… Ⅱ.①许… ②陈… ③蔡… Ⅲ.①散文集
-中国-现代②散文集-中国-当代 Ⅳ.①I266

中国版本图书馆 CIP 数据核字（2017）第 080656 号

责任编辑：朱卫净 张玉贞
封面设计：汪佳诗

出版发行 人民文学出版社
社　　址 北京市朝内大街 166 号
邮政编码 100705

印　　刷 山东新华印务有限公司
经　　销 全国新华书店等

开　　本 890 毫米×1240 毫米 1/32
印　　张 5.5
插　　页 2
字　　数 125 千字
版　　次 2017 年 7 月北京第 1 版
印　　次 2024 年 10 月第 3 次印刷

书　　号 978-7-02-012707-8
定　　价 39.00 元

如有印装质量问题，请与本社图书销售中心调换。电话：010 - 65233595

编辑例言

中国素来是散文大国,古之文章,已传唱千世。而至现代,散文再度勃兴,名篇佳作,亦不胜枚举。散文一体,论者尽有不同解释,但涉及风格之丰富多样,语言之精湛凝练,名家又皆首肯之。因此,在时下"图像时代"或曰"速食文化"的阅读气氛中,重读散文经典,便又有了感觉母语魅力的意义。

本着这样的心愿,我们对中国现当代的散文名篇进行了重新分类编选。比如,春、夏、秋、冬,比如风、花、雪、月……等等。这样的分类编选,可能会被时贤议为机械,但其好处却在于每册的内容相对集中,似乎也更方便一般读者的阅读。

这套丛书将分批编选出版,并冠之以不同名称。选文中一些现代作家的行文习惯和用词可能与当下的规范不一致,为尊重历史原貌,一律不予更动。考虑到丛书主要面向一般读者,选文不再注明出处。由于编选者识见有限,挂一漏万在所难免,遗珠之憾也将存在。这些都只能在日后逐步弥补,敬请读者诸君多多指教。

目录

衣

女子的服饰

◎许地山

　　人类是最会求进步的动物,然而对于某种事体产生一个新意见的时候,必定要经过许久的怀疑,或是一番的痛苦,才能够把它实现出来。甚至明知旧模样、旧方法的缺点,还不敢"斩钉截铁"地把它改过来咧。好像男女的服饰,本来可以随意改换的。但是有一度的改换,也必费了好些唇舌在理论上做功夫,才肯羞羞缩缩地去试行。所以现在男女的服饰,从形式上看去,却比古时好;如果从实质上看呢? 那就和原人的装束差不多了。

　　服饰的改换,大概先从男子起首。古时男女的装束是一样的,后来男女有了分工的趋向,服饰就自然而然地随着换啦。男子的事业越多,他的服饰越复杂,而且改换得快。女子的工作只在家庭里面,而且所做的事与服饰没有直接的关系,所以它的改换也就慢了。我们细细看来,女子的服饰,到底离原人很近。

　　现时女子的服饰,从生理方面看去,不合适的地方很多。她们所谓之改换的,都是从美观上着想。孰不知美要出于自然才有价值,若故意弄成一种不自然的美,那缠脚娘走路的"婀娜"模样也可以在美学上占位置了。我以为现时女子的事业比往时宽广得多,若还不想去改换她们的服饰,就恐怕不能和事业相适应了。

事业与服饰有直接的关系，从哪里可以看得出来呢？比如欧洲在大战以前，女子的服饰差不多没有什么改变。到战事发生以后，好些男子的事业都要请女子帮忙。她们对于某种事业必定不能穿裙去做的，就换穿裤子了；对于某种事业必定不能带长头发去做的，也就剪短了。欧洲的女子在事业上感受了许多不方便，方才把服饰渐渐地改变一点，这也是证明人类对于改换的意见是很不激进的。新社会的男女对于种种事情，都要求一个最合适的方法去改换它。既然知道别人因为受了痛苦才去改换，我们何不先把它改换来避去等等痛苦呢？

在现在的世界里头，男女的服饰是应当一样的。这里头的益处很大，我们先从女子的服饰批评一下，再提那改换的益处罢。我不是说过女子的服饰和原人差不多吗？这是由哪里看出来的呢？

第一样是穿裙。古时的男女没有不穿裙的。现在的女子也少有不穿裙的。穿裙的缘故有两种说法：（甲）因为古时没有想出缝裤的方法，只用树叶或是兽皮往身上一团；到发明纺织的时候，还是照老样子做上。（乙）是因为礼仪的束缚。怎么说呢？我们对于过去的事物，很容易把它当做神圣的东西。所以常常将古人平日的行为，拿来当仪式化的举动；将古人平日的装饰，拿来当仪式化的衣冠。女子平日穿裤子是服装进步的一个现象。偏偏在礼节上就要加上一条裙，那岂不是很无谓吗？

第二样是饰品。女子所用的手镯、脚钏、指环、耳环等等物件，现在的人都想那是美术的安置；其实从历史上看来，这些东西都是以女子当奴隶的大记号，是新女子应当弃绝的。古时希伯来人的风俗，凡奴隶服役到期满以后不愿离开主人的，主人就可以在家神面前把那奴隶的耳朵穿了，为的是表明他已经永久服从那一家。希伯来语 Ne-zem 有耳环、鼻环两个意思。人类有时也用鼻环，然而平常都是兽类用的。可见穿耳穿鼻绝不是美术的要求，不过是表明一个永久的奴隶的记号便是了，至于手镯脚钏更是显而易见的，可以不必说了。有人要问耳环手镯等物既然是奴隶用的，为什么从古以来这些东西都是用很实的材料去做呢？这可怪不得。人的装束有一分美的要求是不必说的，"披毛戴角编贝文身"，就是美的要求，和手镯耳环绝不相同的。用贵重的材料去做这些东西大概是在略婚时代以后。那时的女子虽说是由父母择配，然而父母的财产一点也不能带去，父母因为爱子的缘故，只得将贵重的材料去做这些装饰品，一来可以留住那服从的记号，二来可以教子女间接地继承产业。现在的印度人还有类乎这样的举动。印度女子也是不能继承父母的产业的，到要出嫁的时候，父母就用金镑或是银钱给她做装饰。将金钱连起来当饰品，也就没有人敢说那是父母的财产了。印度的新妇满身用"金镑链子"围住，也是和用贵重的材料去做装饰一样。不过印度人的方法妥当而且直接，不像用金银去打首饰的周折便是了。

　　第三样是留发。头上的饰品自然是因为留长头发才有的，如果没有长头发，首饰也就无所附着了。古时的人类和现在的蛮族，男女留发的很多，断发的倒是很少。我想在古时候，男女留长头发是必须的，因为头发和他们的事业有直接的关系。人类起首学扛东西的方法，就是用头颅去顶的（现在好些古国还有这样的光景),他们必要借着头发做垫子。全身的毫毛唯独头发格外地长,也许是由于这个缘故发展而来的。至于当头发做装饰品,还是以后的事。装饰头发的模样非常之多,都是女子被男子征服以后,女子在家里没事做的时节,就多在身体的装饰上用工夫。那些形形色色的髻子、辫子都是女子在无聊生活中所结下来的果子。现在有好些爱装饰的女子,梳一个头就要费了大半天的工夫,可不是因为她们的工夫太富裕吗?

由以上三种事情看来,女子要在新社会里头活动,必定先要把她们的服饰改换改换,才能够配得上。不然,必要生出许多障碍来。要改换女子的服饰,先要选定三种要素:

(甲) 要合乎生理。缠脚束腰结胸穿耳自然是不合生理的。然而现在还有许多人不曾想到留发也是不合生理的事情。我们想想头颅是何等贵重的东西,岂忍得教它"纳垢藏污"吗?要清洁,短的头发倒是很方便,若是长的呢?那就非常费事了。因为头发积垢,就用油去调整它;油用得越多,越容易收纳尘土。尘土多了,自然会变成"霉菌客栈",百病的传布也要从那里发生了。

(乙) 要便于操作。女子穿裙和留发是很不便于操作的。人越忙越觉得时间短少,现在的女子忙的时候快到了,如果还是一天用了半天的工夫去装饰身体,那么女子的工作可就不能和男子平等了。这又是给反对妇女社会活动的人做口实了。

(丙) 要不诱起肉欲。现在女子的服饰常常和色情有直接的关系。有好些女子故意把她们的装束弄得非常妖冶,那还离不开当自己做玩具的倾向。最好就是废除等等有害的纹饰，教凡身上的一丝一毫都有真美的价值，绝不是一种"卖淫性的美"就可以了。

要合乎这三种要素，非得先和男子的服装一样不可，男子的服饰因为职业的缘故，自然是很复杂。若是女子能够做某种事业，就当和做那事业的男子的服饰一样。平常的女子也就可以和平常的男子一样。这种益处：一来可以泯灭性的区别；二来可以除掉等级服从的记号；三来可以节省许多无益的费用；四来可以得着许多有用的光阴。其余的益处还多，我就不往下再说了。总之，女子的服饰是有改换的必要的，要改换非得先和男子一样不可。

男子对于女子改装的怀疑，就是怕女子显出不斯文的模样来。女子自己的怀疑，就是怕难于结婚。其实这两种观念都是因为少人敢放胆去做才会产生的。若是说女子"断发男服"起来就不斯文，请问个个男子都不斯文吗？若说在男子就斯文，在女子就不斯文，那是武断的话，可以不必辩了。至于结婚的问题是很容易解决的。从前鼓励放脚的时候，也是有许多人怀着"大脚就没人要"的鬼胎，现在又怎样啦？若是个个人都要娶改装的女子，那就不怕女子不改装；若是女子都改装，也不怕没人要。

衣

◎朱自清

　　二十七年春初过桂林，看见满街都是穿灰布制服的，长衫极少，女子也只穿灰衣和裙子。那种整齐、利落、朴素的精神，叫人肃然起敬；这是有训练的公众。后来听说外面人去得多了，长衫又多起来了。国民革命以来，中山服渐渐流行，短衣日见其多，抗战后更其盛行。从前看不起军人，看不惯洋人，短衣不愿穿，只有女人才穿两截衣，哪有堂堂男子汉去穿两截衣的。可是时世不同了，男子倒以短装为主，女子反而穿一截衣了。桂林长衫增多，增多的大概是些旧长衫，只算是回光返照。可是这两三年各处却有不少的新长衫出现，这是因为公家发的平价布不能做短服，只能做长衫，是个将就局儿。相信战后材料方便，还要回到短装的，这也是一种现代化。

　　四川民众苦于多年的省内混战，对于兵字深恶痛绝，特别称为"二尺五"和"棒客"，列为一等人。我们向来有"短衣帮"的名目，是泛指，"二尺五"却是特指，可都是看不起短衣。四川似乎特别看重长衫，乡下人赶场或入市，往往头缠白布，脚蹬草鞋，身上却穿着青布长衫。是粗布，有时很长，又常东补一块、西补一块的，可不含糊是长衫。也许向来是天府之国，衣食足而后知礼义，便特别讲究仪表，至今还留着些流风余韵罢？然而城市中人却早就在赶时髦改短装了。短装原是洋派,但是不必遗憾,赵武灵王①不是改了短装强兵强国吗?短装至少有好些方便的地方:夏天穿个衬衫短裤就可以大模大样地在街上走,长衫就似乎不成。只有广东天热,又不像四川在意小节,短衫裤可以行街。可是所谓短衫裤原是长裤短衫,广东的短衫又很长,所以还行得通,不过好像不及衬衫短裤的派头。

不过衬衫短裤似乎到底是便装,记得北平有个大学开教授会,有一位教授穿衬衫出入,居然就有人提出风纪问题来。三年前的夏季,在重庆我就见到有穿衬衫赴宴的了,这是一位中年的中级公务员,而那宴会是很正式的,座中还有位老年的参政员②。可是那晚的确热,主人自己脱了上装,又请客人宽衣,于是短衫和衬衫围着圆桌子,大家也就一样了。西服的客人大概搭着上装来,到门口穿上,到屋里经主人一声"宽衣",便又脱下,告辞时还是搭着走。其实真是多此一举,那么热还绷个什么呢? 不如衬衫入座倒干脆些。可是中装的却得穿着长衫来去,只在室内才能脱下。西服客人累累赘赘带着上装,倒可以陪他们受点儿小罪,叫他们不至于因为这点不平而对于世道人心长吁短叹。

战时一切从简,衬衫赴宴正是"从简"。"从简"提高了便装的地位,于是乎造成了短便装的风气。先有皮茄克,春秋冬三季(在昆明是四季),大街上到处都见,黄的、黑的、拉链的、扣钮的、收底的、不收底边的,花样繁多。穿的人青年中年不

---

① 赵武灵王(? —前295),名雍,战国时赵国君(前325—前299在位)。在位期间,下令改服胡服,习骑射,使赵国成为军事强国。

② 参政员,抗日战争期间国民政府设置的最高咨询机关,遴选各党派各省区高层人士为参政员。

分彼此,只除了六十以上的老头儿。从前穿的人多少带些个"洋"关系,现在不然,我曾在昆明乡下见过一个种地的,穿的正是这皮茄克,虽然旧些。不过还是司机穿得最早,这成为司机文化的一个重要项目。皮茄克更是哪儿都可去,昆明我的一位教授朋友,就穿着一件老皮茄克教书、演讲、赴宴、参加典礼,到重庆开会,差不多是皮茄克为记。这位教授穿皮茄克,似乎在学晏子穿狐裘,三十年就靠那一件衣服,他是不是赶时髦,我不能冤枉人,然而皮茄克走了运是真的。

再就是我要说的这两年至少在重庆风行的夏威夷衬衫,简称夏威夷衫,最简称夏威衣。这种衬衫创自夏威夷,就是檀香山,原是一种土风。夏威夷岛在热带,译名虽从音,似乎也兼义。夏威夷衣自然只宜于热天,只宜于有"夏威"的地方,如中国的重庆等。重庆流行夏威衣却似乎只是近一两年的事。去年夏天一位朋友从重庆回到昆明,说是曾看见某首长穿着这种衣服在别墅的路上散步,虽然在黄昏时分,我的这位书生朋友总觉得不大像样子。今年我却看见满街都是,这就是所谓上行下效罢?

夏威衣翻领像西服的上装,对襟面袖,前后等长,不收底边,还开岔儿,比衬衫短些。除了翻领,简直跟中国的短衫或小衫一般无二。但短衫穿不上街,夏威衣即可堂哉皇哉在重庆市中走来走去。那翻领是具体而微的西服,不缺少洋味,至于凉快,也是有的。夏威衣的确比衬衫通风;而看起来飘飘然,心上也爽利。重庆的夏威衣五光十色,好像白绸子黄咔叽居多,土布也有,绸的便更见其飘飘然,配长裤的好像比配短裤的多一些。在人行道上有时通过持续来了三五件夏威衣,一阵飘过去似的,倒也别有风味,参差零落就差点劲儿。夏威衣在重庆似乎比皮茄克还普遍些,因为便宜得多,但不知也会像皮茄克那样上品否。到了成都时,宴会上遇见一位上海新来的青年衬衫短裤入门,却不喜欢夏威衣(他说上海也有),说是无礼貌。这可是在成都,重庆人大概不会这样想吧?

1944 年 9 月

衣

论西装

◎林语堂

许多朋友问我为何不穿西装。这问题虽小,却已经可以看出一人的贤愚与雅俗了。倘是一人不是俗人,又能用点天赋的聪明,兼又不染季常癖,总没有肯穿西装的,我想。在一般青年,穿西装是可以原谅的,尤其是在追逐异性之时期,因为穿西装虽有种种不便,却能处处受女子之青睐,风俗所趋,佳人所好,才子自然也未能免俗。至于已成婚而子女成群的人,尚穿西装,那必定是他仍旧屈服于异性的徽记了。人非昏瞆,又非惧内,决不肯整日价挂那条狗领而自豪。在要人中,惧内者好穿西装,这是很鲜明彰著的事实。也不是女子尽喜欢作弄男子,令其受苦。不过多半的女子似乎觉得西装的确较为摩登一等。况且即使有点不便,为伊受苦,也是爱之表记。古代英雄豪杰,为着女子赴汤蹈火,杀妖斩蛇,历尽苦辛以表示心迹者正复不少。这种女子的心理的遗留,多少还是存在于今日,所以也不必见怪。西装只可当为男子变相的献殷勤罢了。不过平心而论,西装之所以成为一时风气而为摩登士女所乐从者,唯一的理由是,一般人士震于西洋文物之名而好为效颦;在伦理上,美感上,卫生上是绝无立足根据的。

不知怎样,中装中服,暗中是与中国人之性格相合的,有时也从此可以看出一人中文之进步。满口英语,中文说得不通的人必西装，或是外国骗得洋博士，羽毛未干，念了三两本文学批评，到处横冲直撞，谈文学，盯女人者，亦必西装。然一人的年事渐长，素养渐深，事理渐达，心气渐平，也必断然弃其洋装，还我初服无疑。或是社会上已经取得相当身分，事业上已经有相当成就的人，不必再服洋装以掩饰其不通英语及其童骏之气时，也必断然卸了他的一身洋服。所有例外，除有季常癖者，也就容易数得出来，洋行职员，青年会服务员及西崽为一类，这本不足深责，因为他们不但中文不会好，并且名字就是取了约翰，保罗，彼得，吉米等，让西洋大班叫起来方便。再一类便是月薪百元的书记，未得差事的留学生，不得志之小政客等。华侨子弟，党部青年，寓公子侄，暴富商贾及剃头师父等又为一类，其穿西装心理虽各有不同，总不外趋俗两字而已，如乡下妇女好镶金齿一般见识，但决说不上什么理由。在这一种俗人中，我们可以举溥仪为最明显的例子。我猜疑着，像溥仪或其妻一辈人必有镶过金齿，虽然在照片上看不出。你看那一对蓝(黑)眼镜，厚嘴唇及他的英文名字"亨利"，也就可想而知了。所以溥仪在日本天皇羽翼之下，尽可称皇称帝。到了中国关内想要复辟，就有点困难。单那一套洋服及那英文名字就叫人灰心。你想"亨利亨利"，还像个中国天子之称吗？

大约中西服装哲学上之不同，在于西装意在表现人身形体。而中装意在遮盖身体。然而人身到底像猴狲，脱得精光，大半是不甚美感，所以与其表扬，毋宁遮盖。像甘地及印度罗汉之半露体，大半是不能引人生起什么美感的。只有没有美感的社会，才可以容得住西装。谁不相信这话，可以到纽约Coney Island 的海岸，看看那些海浴的男女老少的身体是怎样一回事。裸体美多半是画家挑出几位身材适中的美女画出来的，然而在中国之画家，已经深深觉得身段匀美的模特儿之不易得了。所以二十至三十五岁以内的女子西装，我还赞成，因为西装确可极量表扬其身体美，身材轻盈，肥瘦均匀的女子服西装，的确占了便宜。然而我们不能不为大多数的人着想，像纽约终日无所事事髀肉复生的四十余岁贵妇，穿起夜服，露其胸背，才叫人触目惊心。这种妇人穿起中服便可以藏拙，占了不少便宜。因为中国服装比较一视同仁，自由平等，美者固然不能尽量表扬其身体美于大庭广众之前，而丑者也较便于藏拙，不至于太露形迹了，所以中服很合于德谟克拉西的精神。

以上是关于美感方面。至于卫生通感方面，更无足为西装置辩之余地。狗不喜欢带狗领，人也不喜欢带上那西装的领子，凡是稍微明理的人都承认这中古时代 Sir Walter Raleigh, Cardinal Rioheliou 等传下来的遗物的变相是不合卫生的。西方就常有人立会宣言，要取消这条狗领。西洋女装在三十年来的确已经解放不少，但是男子服装还是率由旧章，未能改进，男子的颈子，社会总还认为不美观不道德，非用领子扣带起来不可。带这领子，冬天妨碍御寒，夏天妨碍通气，而四季都妨碍思想，令人自由不得。文士居家为文，总是先把这条领子脱下，居家而尚不敢脱领，那便是惧内之徒，另有苦衷了。

自领以下，西装更是毫无是处。西人能发明无线电飞机，却不能了悟他们身体只有头面一部尚算自由。穿西装者，必穿紧封皮肉的贴身卫生里衣，叫人身皮肤之毛孔作用失其效能。中国衣服之好处，正在不但能通毛孔呼吸，并且无论冬夏皆宽适如意，四通八达，何部痒处，皆搔得着。西人则在冬天尤非穿刺身之羊毛里衣不可。卫生里衣之衣裤不能无褶，以致每堆积于腹部，起了反抗，由是不能不改为上下通身一片之union suit。里衣之外，必加以衬衫，衬衫之外，必束以紧硬的皮带，使之就范，然就范不就范就常成了问题。穿礼服硬衬衫之人就知道其中之苦处。衬衫之外，又必加以背心。这背心最无道理，宽又不是，紧又不是，须由背后活动钩带求得适宜之中点，否则不是宽时空悬肚下，便是紧时妨及呼吸。凡稍微用脑的人，都明白人身除非立正之时，胸部与背后之直线总有不同，俯前则胸屈而背伸，仰后则胸伸而背屈。然而西洋背心偏偏是假定胸背长短相称，不容人俯仰于其际。惟人既不能整日挺直，结果非于俯前时，背心不得自由而褶成数段，压迫呼吸，便是于仰后时，背心尽处露出，不能与裤带相衔接。其在体材胖重的人，腹部高起之曲线既无从隐藏，背心之底下尽处遂成为那弧形之最向外点，由此点起，才由裤腰收敛下去，长此暴露于人世，而裤带也时时刻刻岌岌可危了。人身这样的束缚法，难怪西人为卫生起见，要提倡裸体运动，摒弃一切束缚了。

但是如果人类还是爬行动物，那裤带也不至于有岌岌可危之势。只消像马鞍的腹带，绑上便不成问题，决不上下于其间。但人类虽然已经演化到竖行地步，西洋裤带却仍旧假定我们是爬行动物。妇人堕胎常就是吃这竖行之亏，因为人类的行走虽然已取立势，而吾人腹部的肌肉还未演化改造过来，以致本为爬行载重于横脊骨上之极稳重设置，遂发生时有堕胎之危险。现在立势既成，妇人腹部肌肉却仍是横纹，不是载重于肩膀。而男人之裤带也一样的有时时不得把握之势而受地心吸力所影响。唯一补救的办法，就是将裤带拼命扣紧，妨碍一切脏腑之循环运动，而间接影响于呼吸之自由。

单这一层，我们就可以看出将一切重量载于肩上令衣服自然下垂的中服是唯一的合理的人类的服装。至于冬夏四时之变易，中服得以随时增减，西装却很少商量之余地，至少非一层里衣一层衬衫一层外衣不可。天炎既不可减，天凉也无从加。这种非人的衣服，非欲讨好女子的人是决不肯穿来受罪的。

中西服装之利弊如此显然，不过时俗所趋，大家未曾着想，所以我想人之智愚贤不肖，大概可以从此窥出吧？

衣裳

◎梁实秋

莎士比亚有一句名言："衣裳常常显示人品。"又有一句："如果我们沉默不语，我们的衣裳与体态也会泄露我们过去的经历。"可是我不记得是谁了，他曾说过更彻底的话：我们平常以为英雄豪杰之士，其仪表堂堂确是与众不同，其实，那多半是衣裳装扮起来的，我们在画像中见到的华盛顿和拿破仑，固然是奕奕赫赫，但如果我们在澡堂里遇见二公，赤条条一丝不挂，我们会有异样的感觉，会感觉脱光了大家全是一样。这话虽然有点玩世不恭，确有至理。

中国旧式士子出而问世必须具备四个条件：一团和气，两句歪诗，三斤黄酒，四季衣裳；可见衣裳是要紧的。我的一位朋友，人品很高，就是衣裳"普罗"一些，曾随着一伙人在上海最华贵的饭店里开了一个房间，后来走出饭店，便再也不得进去，司阍的巡捕不准他进去，理由是此处不施舍。无论怎样解释也不得要领，结果是巡捕引他从后门进去，穿过厨房，到账房内去理论。这不能怪那巡捕，我们几曾看见过看家的狗咬过衣冠楚楚的客人？

衣裳穿得合适，煞费周章，所以内政部礼俗司虽然绘定了各种服装的式样，也并不曾推行，幸而没有推行！自从我们剪了小辫儿以来，衣裳就没有了体制，绝对自由，中西合璧的服装也不算违警，这时候若再推行"国装"，只是于错杂分歧之中更加重些纷扰罢了。

李鸿章出使外国的时候，袍褂顶戴，完全是"满大人"的服装。我虽无爱于满清章制，但对于他的不穿西装，确实是很佩服的。可是西装的势力毕竟太大了，到如今理发匠都是穿西装的居多。我忆起了二十年前我穿西装的一幕。那时候西装还是一件比较新奇的事物，总觉得有点"机械化"，其构成必相当复杂。一班几十人要出洋，于是西装逼人而来。试穿之日，适值严冬，或缺皮带，或无领结，或衬衣未备，或外套未成，但零件虽然不齐，吉期不可延误，所以一阵骚动，胡乱穿起，有的宽衣博带如稻草人，有的细腰窄袖如马戏丑，大体是赤着身体穿一层薄薄的西装裤，冻得涕泗交流，双膝打战，那时的情景足当得起"沐猴而冠"四个字。当然后来技术渐渐精进，有的把裤脚管烫得笔直，视如第二生命，有的在衣袋里插一块和领结花色相同的手绢，俨然一个绅士，猛然一看，国籍都要发生问题。

西装是有一定的标准的。譬如，做裤子的材料要厚，可是我看见过有人在光天化日之下穿夏布西装裤，光线透穿，真是骇人！衣服的颜色要朴素沉重，可是我见过著名自诩讲究衣裳的男子们，他们穿的是色彩刺目的宽格大条的材料，颜色惊人的衬衣，如火如荼的领结，那样子只有在外国杂耍场的台上才偶然看得见！大概西装破烂，固然不雅，但若崭新而恶俗则更不可当。所谓洋场恶少，其气味最下。

中国的四季衣裳，恐怕要比西装更麻烦些。固然西装讲究起来也是不得了的。历史上著名的一例，詹姆斯一世的朋友白金翰爵士有衣服一千六百二十五套。普通人有十套八套的就算很好了。中装比较的花样要多些，虽然终年一两件长袍也能度日。中装有一件好处，舒适。中装像是变形虫，没有一定的形式，随着穿的人身体变。不像西装，肩膀上不用填麻布使你冒充宽肩膀，脖子上不用戴枷系索，裤子里面有的是"生存空间"；而且冷暖平均，不像西装咽喉下面一块只是一层薄衬衣，容易着凉，裤子两边插手袋处却又厚至三层，特别郁热！中国长袍还有一点妙处，马彬和先生（英国人入我国籍）曾为文论之。他说这钟形长袍是没有差别的，平等的，一律遮掩了贫富贤愚。马先生自己就是穿一件蓝长袍，他简直崇拜长袍。据他看，长袍不势利，没有阶级性，可是在中国，长袍同志也自成阶级，虽然四川有些抬轿的也穿长袍。中装固然比较随便，但亦不可太随便，例如脖子底下的钮扣，在西装可以不扣，长袍便非扣不可，否则便不合于"新生活"。再例如虽然在蚊虫甚多的地方，裤脚管亦不可放进袜筒里去，做绍兴师爷状。

男女服装之最大不同处，便是男装之遮盖身体无微不至，仅仅露出一张脸和两只手可以吸取日光紫外线，女装的趋势，则求遮盖愈少愈好。现在所谓旗袍，实际上只是大坎肩，因为两臂已经齐根划出。两腿尽管细直如竹筷，扭曲如松根，也往往一双双摆在外面。袖不蔽肘，赤足裸腿，从前在某处都曾悬为厉禁，在某种意义上，我们并不惋惜。还有一点可以指出，男子的衣服，经若千年的演化，已达到一个固定的阶段，式样色彩大概是千篇一律的了，某一种人一定穿某一一种衣服，身体丑也好，美也好，总是要罩上那么一套。女子的衣裳则颇多个人的差异，仍保留大量的装饰的动机，其间大有自由创造的余地。既是创造，便有失败，也有成功。成功者便是把身体的优点表彰出来，把劣点遮盖起来；失败者便是把劣点显示出来，优点根本没有。我每次从街上走回来，就感觉我们除了优生学外，还缺乏妇女服装杂志。不要以为妇女服装是琐细小事，法朗士说得好："如果我死后还能在无数出版书籍当中有所选择，你想我将选什么呢？……在这未来的群籍之中我不想选小说，亦不选历史，历史若有兴味亦无非小说。我的朋友，我仅要选一本时装杂志，看我死后一世纪中妇女如何装束。妇女装束之能告诉我未来的人文，胜过于一切哲学家、小说家、预言家及学者。"

衣裳是文化中很灿烂的一部分。所以，裸体运动除了在必要的时候之外（如洗澡等等），我总不大赞成。

论女袴

◎周作人

绍原兄：

你的"裙要长过裤"的提议，我当然赞同，即可请你编入民国新礼的草案里。但我们在这里应当声明一句，这条礼的制定乃是从趣味（这两个字或者有点语病，因为心理学家怕要把它定为"味觉"，）上着眼，并不志在"挽靡习"。我在《妇女周报》及《妇女杂志》上看见什么教育会联合会的一件议决案，主张女生"应依章一律着用制服"，至于制服则"袖必齐腕，裙必及胫"，一眼看去与我们的新礼颇有阳虎貌似孔子之概，实际上却截然不同。原案全文皆佳，今只能节录其一部分于后：

"衣以蔽体，亦以彰身，不衷为灾，昔贤所戒，矧在女生，众流仰望，虽曰末节，所关实巨。……甚或故为宽短，豁敞脱露，扬袖见肘，举步窥膝，殊非谨容仪尊瞻视之道。……"

《妇女周报》（六十一期）的奚明先生对于这篇卫道的大文加以批评，说得极妙，不必再等我来多话。他说，

"教育会会员诸公当然也是众流之一流，仰望也一定很久，……仰望的结果，便是加上'故为宽短云云'这十六字的考语。其中尤足以使诸公心荡神摇的，是所见的肘和所窥的膝。本来肘与膝也是无论男女人人都有的东西，无足为奇；但因为诸公是从地下'仰'着头向上而'望'的缘故，所以更从肘膝而

窥见那肘膝以上的非肘膝，便不免觉得'殊非谨仪容尊瞻视之道'起来了"。

奚明先生的话的确不错，教育会诸公的意思实在如李笠翁所说在于"掩藏秘器，爱护家珍"而已。笠翁怕人家的窥见以致心荡神摇，诸公则怕窥见人家而心荡神摇，其用意不同而居心则一，都是一种野蛮思想的遗留。野蛮人常把自己客观化了，把自己行为的责任推归外物，在小孩狂人也都有这种倾向。就是在文明社会里也还有遗迹，如须勒特耳(Th. Schroeder，见 Ellis 著《梦之世界》第七章所引)所说，现代的禁止文艺科学美术等大作，即本于此种原始思想，以为猥亵在于其物而不在感到猥亵的人，不知道倘若真需禁止，所应禁者却正在其人也。教育会诸人之取缔"豁敞脱露"，正是怕肘膝的蛊惑力，所以是老牌的野蛮思想，不能冒我们新开店的招牌：为防鱼目混珠起见，不得不加添这张仿单，请赐顾者认明玉玺为记，庶不致误。

我的意思，衣服之用是蔽体即以彰身的，所以美与实用一样的要注意。有些地方露了，有些地方藏了，都是以彰身体之美，若是或藏或露，反而损美的，便无足取了。裙下无论露出一只裤脚两只裤脚，总是没有什么好看，自然应在纠正之列。

"西洋女子不穿裤"的问题，我因为关于此事尚缺查考，这回不能有所论列为歉。

1924 年 12 月 7 日

忆当年，穿着细事且莫等闲看！

◎曹靖华

幼年读书，遇"服之不衷，身之灾也"，曾想：衣所以蔽体，御寒而已。怎么穿得不当，还足招祸？遇孔丘"微服而过宋"，曾想：像他那样的"万世师表"，连走路、吃饭都要装模作样地说什么"行不由径"，吃饭也"割不正不食"等等，一旦人要杀他，为了避免人注意，怎么还把平常的衣服都换了逃走呢？此外还遇到许多有关穿着的话，当年都不求甚解，终以不了了之。

辛亥革命初年，我满身"土气"，第一次从万山丛中出来，到县城考高小。有位年纪比我约大两倍的同乡说："进城考洋学堂，也该换一身像样的衣服，怎么就穿这一身来了。"

我毫不知天高地厚，一片憨直野气，土铳①样，这么铳了一句："考学问，又不是考衣服！"

这一铳非同小可，把对方的眼睛铳得又大又圆了。他连声说："了不起！了不起！言之有理！有理！"

我当时不辨这是挖苦，还是正语。不求甚解，仍以不了了之。

---

① 土铳，当年豫西一带人民迎神赛会时，敲锣打鼓并燃放土铳。铳柄约四五尺长，一端有两叉，休息时，铳筒向上插到地上。另一端有五六寸长的三筒铁铳，又名三眼铳，装火药燃放，声音霍耳。当地人多借它来比喻人直爽说话不懂技巧者。

总之,书是书,我是我。不识不知,书本于我何有哉!

"五四"风暴中,作为一个北方省城的中学生,到上海参加第一次全国学生代表会议。这宛如一枚刚出土的土豆,猛然落入金光耀目的十里洋场。"土气"之重,和当年从深山落入县城的情况比起来,真是天上人间了。

如此"土气"的穿着,加之满口土腔,甚至问路,十九都遭到白眼。举目所至,多为红红绿绿,油头粉面。不快之感,油然而起。碰壁之余,别有一番前所未尝的涩味留在心头。我咀嚼,回味……后来读到鲁迅先生有关文章时,才恍然悟到:甚矣,穿着亦大有文章也!

鲁迅先生在《上海的少女》一文中,曾说过这样一段话:"在上海生活,穿时髦衣服的比土气的便宜。如果一身旧衣服,公共电车的车掌会不照你的话停车,公园看守会格外认真地检查入门券,大宅子或大客寓的门丁会不许你走正门。所以,有些人宁可居斗室,喂臭虫,一条洋服裤子却每晚必须压在枕头下,使两面裤腿上的折痕天天有棱角。"①

啊,原来如此。不过这只是一个方面。还有鲁迅先生尚未行之于文字的,这姑且放下不表。

且说当年北京,我总觉有所不同。尽管岁月飞逝,人事沧桑,而阴丹士林一类的蓝大褂"江山",总稳如磐石。男女老幼,富贵贫贱,无不甘为"顺民"。春夏秋冬,时序更迭,蓝大褂却总与其主人形影相随也。溽暑盛夏,儒雅之士,倘嫌它厚,改换纺

---

① 《鲁迅全集》卷4,431页。

绸、夏布之类的料子而已。但其实，那也不见得真穿，出门时，多半搭在肘弯上做样子，表示礼貌罢了。短促的酷暑一过，又一元复始了。其他季节，不管"内容"如何随寒暖而变化：由夹而棉，或由棉而皮；也不管怎样"锦绣其内"，外面却总罩着一件"永恒的"蓝大褂。实在说，蓝大褂在长衣中也确有可取之处：价廉、朴素、耐脏、经磨，宜于御风沙……对终日在粉笔末的尘雾中周旋的穷教书匠说来，更觉相宜；这不仅使他雪人似的一出教室，轻轻一掸，便故我依然，且在一些富裕的同类和学子面前，代他遮掩了几许寒酸，使他侧身"士林"，满可无介于怀了。

不仅此也。在豺狼逞霸，猎犬四出的当年，据说蓝大褂的更大功能，在于它的"鱼目混珠"。但其实也不尽然。同样托庇于蓝大褂之下，而竟不知所终者，实大有人在！不过同其他穿着相比，蓝大褂毕竟"吉祥"得多了。虽然这是无可奈何中的聊以自慰的偏见。

某年秋夜，一个朋友把我从天津送到北平。另一个朋友相见之下，惊慌地说：

"呀，洋马褂！不行，换掉，换掉！"

我窘态万状，无言以对。殊不知我失掉"民族形式"的装备也久矣。他忽然若有所悟地转身到卧房里取了一件蓝大褂，给我换上，就讲起北平的"穿衣经"来。

实在说，我向来是不喜欢"洋马褂"，钟爱蓝大褂的。不过这以前，此一地，彼一地也。穿着蓝大褂在异邦马路上行走，其引人注目，不亚于狗熊在广场上表演。而现在和蓝大褂重结不解之缘，恰是"实获我心"了。

不久，我就穿着这"实获我心"、而且又能"鱼目混珠"的蓝大褂，到了阔别的十里洋场。

不知怎的,也许因为久别重逢,分外兴奋了吧。我这如此"土气"的蓝大褂,昨天整整半日,鲁迅先生仿佛都没有发现。第二天用过早饭,一同登楼。坐定之后,正不知话题从何开始。窗明几净,鸦雀无声,旭日朗照,满室生辉。我们恬淡闲适,万虑俱无。如此良辰,正大好倾谈境界也。这时鲁迅先生忽然把眉头一扬,就像哥伦布望见新大陆似的,把我这"是非之衣"一打量,惊异地说:

　　"蓝大褂! 不行,不行。还有好的没有?"

　　我感慨地说:"北方之不行也,洋马褂⋯⋯"

　　他没待我说完,就接着说:

　　"南方之不行也,蓝大褂呀! 洋马褂倒蛮行。还有好的没有?"

　　我一面答有,一面把那顿成"不祥之衣"的蓝大褂下襟,往起一撩,露出了皮袍面:这是深蓝色的,本色提花的,我叫不出名字的丝织品。堪称大方、素雅,而且柔和、舒适。

　　鲁迅先生一见,好像发现了我的保险单一样,喜不自胜地说:

　　"好,好! 蛮及格!"

　　他放心了。面露微笑地喷了一口烟说:

　　"没事别出门。真要出门时,千万不能穿这蓝大褂。此地不流行。否则易被注意,钉梢,万一被钉上可不得了!"

　　当时的确是"沪上实危地,杀机甚多,商业之种类又甚多,人头亦系货色之一,贩此为活者,实繁有徒,幸存者大抵偶然耳。"[1]

---

[1]　《鲁迅全集》卷9, 351页。

接着他就谈到不但要注意穿着,而且要注意头发梳整齐,皮鞋擦光等等。蓬首垢面、衣冠不整、外表古怪,都足引起注意,闹大乱子。连举止也都要留神……

"这是用牺牲换来的教训呀。"

他结论似的这么来了一句,又点起一支烟,吸了一口,若有所思地沉默了一下,接着说:

"在上海过生活,就是一般人穿着不留心,也处处引起麻烦。我就遇到过。"

他又喷了一口烟,停顿了一下,用说故事的口气,从容不迫地一边回忆,一边说起来:

"有一次,我随随便便地穿着平常这一身,到一个相当讲究的饭店①,访一个外国朋友②,饭店的门丁,把我浑身上下一打量,直截了当地说:

"'走后门去!'

"这样饭店的'后门',通常只运东西或给'下等人'走的。我只得绕了一个圈子,从后门进去,到了电梯跟前,开电梯的把我浑身上下一打量,连手都懒得抬,用脑袋向楼梯摆了一下,直截了当地说:

"'走楼梯上去!'

"我只得一层又一层地走上去。会见了朋友,聊过一阵天,告辞了。

"据说这位外国朋友住在这里,有一种惯例:从来送客,只到自己房门为止,不越雷池一步。这一点,饭店的门丁、开电

———————

① 即华懋饭店。
② 即美国革命女作家史沫特莱。

忆当年,穿着细事且莫等闲看!

梯的,以及勤杂人员等等,都司空见惯了。不料这次可破例了。这位外国人不但非常亲切而恭敬地把我送出房门,送上电梯,陪我下了电梯,一直送到正门口,恭敬而亲切地握手言别,而且望着我的背影,目送着我远去之后,才转身回去。刚才不让我走正门的门丁和让我步行上楼的开电梯的人,都蛮怀疑惧地闭在闷葫芦中……"

他喷了一口烟,最后结束说:

"这样社会,古今中外,易地则皆然。可见穿着也不能等闲视之呀。"

1961 年 9 月 3 日

更衣记

◎张爱玲

如果当初世代相传的衣服没有大批卖给收旧货的,一年一度六月里晒衣裳,该是一件辉煌热闹的事罢。你在竹竿与竹竿之间走过,两边拦着绫罗绸缎的墙——那是埋在地底下的古代宫室里发掘出的甬道。你把额角贴在织金的花绣上。太阳在这边的时候,将金线晒得滚烫,然而现在已经冷了。

从前的人吃力地过了一辈子,所作所为,渐渐蒙上了灰尘;子孙晾衣裳的时候又把灰尘给抖了下来,在黄色的太阳里飞舞着。回忆这东西若是有气味的话,那就是樟脑的香,甜而稳妥,像记得分明的快乐,甜而怅惘,像忘却了的忧愁。

我们不大能够想象过去的世界,这么迂缓,安静,齐整——在满清三百年的统治下,女人竟没有什么时装可言!一代又一代的人穿着同样的衣服而不觉得厌烦。开国的时候,因为"男降女不降",女子的服装还保留着显著的明代遗风。从十七世纪中叶直到十九世纪末,流行着极度宽大的衫裤,有一种四平八稳的沉着气象。领圈很低,有等于无。穿在外面的"大袄",在并非正式的场合,宽了衣,便露出"中袄"。"中袄"里面有紧窄合身的"小袄",上床也不脱去,多半是娇媚的,桃红或水红。三件袄子之上又加着"云肩背心",黑缎宽镶,盘着大云头。

削肩,细腰,平胸,薄而小的标准美女在这一层层衣衫的重压下失踪了。她的本身是不存在的,不过是一个衣架子罢了。中国人不赞成太触目的女人。历史上记载的耸人听闻的美德——譬如说,一只胳膊被陌生男子拉了一把,便将它砍掉——虽然博得普通的赞叹,知识阶级对之总隐隐地觉得有点遗憾,因为一个女人不该吸引过度的注意;任是铁铮铮的名字,挂在千万人的嘴唇上,也在呼吸的水蒸气里生了锈。女人要想出众一点,连这样堂而皇之的途径都有人反对,何况奇装异服,那自然更是伤风败俗了。

　　出门时裤子上罩的裙子,其规律化更为彻底。通常都是黑色,逢着喜庆年节,太太穿红的,姨太太穿粉红。寡妇系黑裙,可是丈夫过世多年之后,如有公婆在堂,她可以穿湖色或雪青。裙上的细褶是女人的仪态最严格的试验。家教好的姑娘,莲步姗姗,百褶裙虽不至于纹丝不动,也只限于最轻微的摇颤。不惯穿裙的小家碧玉走起路来便予人以惊风骇浪的印象。更为苛刻的是新娘的红裙,裙腰垂下一条条半寸来宽的飘带,带端系着铃。行动时只许有一点隐约的叮当,像远山上宝塔上的风铃。晚至一九二〇年左右,比较潇洒自由的宽褶裙入时了,这一类的裙子方才完全废除。

　　穿皮子,更是禁不起一些出入,便被目为暴发户。皮衣有一定的季节,分门别类,至为详尽。十月里若是冷得出奇,穿三层皮是可以的,至于穿什么皮,那却要顾到季节而不能顾到天气了。初冬穿“小毛”,如青种羊,紫羔,珠羔;然后穿“中毛”,如银鼠,灰鼠,灰脊,狐腿,甘肩,倭刀;隆冬穿“大毛”——白狐,青狐,西狐,玄狐,紫貂。“有功名”的人方能穿貂。中下等阶级的人以前比现在富裕得多,大都有一件金银嵌或羊皮袍子。

姑娘们的"昭君套"为阴森的冬月添上了点色彩。根据历代的图画,昭君出塞所戴的风兜是爱斯基摩式的,简单大方,好莱坞明星仿制者颇多。中国十九世纪的"昭君套"却是癫狂冶艳的——一顶瓜皮帽,帽檐围上一圈皮,帽顶缀着极大的红绒球,脑后垂着两根粉红缎带,带端缀着一对金印,动辄相击作声。

对于细节的过分的注意,为这一时期的服装的要点。现代西方的时装,不必要的点缀品未尝不花样多端,但是都有个目的——把眼睛的蓝色发扬光大起来,补助不发达的胸部,使人看上去高些或矮些,集中注意力在腰肢上,消灭臀部过度的曲线……古中国衣衫上的点缀品却是完全无意义的。若说它是纯粹装饰性质的罢,为什么连鞋底上也布满着繁缛的图案呢?鞋本身就很少有在人前露脸的机会,别说鞋底了,高底的边缘也充塞着密密的花纹。

袄子有"三镶三滚"、"五镶五滚"、"七镶七滚"之别,镶滚之外,下摆与大襟上还闪烁着水钻盘的梅花、菊花。袖上另钉着名唤"阑干"的丝质花边,宽约七寸,挖空镂出福寿字样。

这样聚集了无数小小的有趣之点。这样不停地另生枝节,放肆,不讲理,在不相干的事物上浪费了精力,正是中国有闲阶级一贯的态度。惟有世界上最清闲的国家里最闲的人,方才能够领略到这些细节的妙处。制造一百种相仿而不繁重的图案,固然需要艺术与时间;欣赏它,也同样地犯难。

古中国的时装设计家似乎不知道,一个女人到底不是大观园。太多的堆砌使兴趣不能集中。我们的时装的历史,一言以蔽之,就是这些点缀品的逐渐减去。

衣

　　当然事情不是这么简单的。还有腰身大小的交替盈蚀。第一个严重的变化发生在光绪三十二三年。铁路已经不那么稀罕了，火车开始在中国人的生活里占一重要位置。诸大商港的时新款式迅速地传入内地。衣裤渐渐缩小，"阑干"与阔滚条过了时，单剩下一条极窄的。扁的是"韭菜边"，圆的是"灯草边"，又称"线香滚"。在政治动乱与社会不靖的时期——譬如欧洲的文艺复兴时代——时髦的衣服永远是紧匝在身上，轻捷利落，容许剧烈的活动。在十五世纪的意大利，因为衣裤过于紧小，肘弯膝盖，筋骨接榫处非得开缝不可。中国衣服在革命酝酿期间差一点就胀裂开来了。"小皇帝"登基的时候，袄子套在人身上像刀鞘。中国女人的紧身背心的功用实在奇妙——衣服再紧些，衣服底下的肉体也还不是写实派的作风，看上去不大像个女人而像一缕诗魂。长袄的直线延至膝盖为止，下面虚飘飘垂下两条窄窄的裤管，似脚非脚的金莲抱歉地轻轻踏在地上。铅笔一般瘦的裤脚妙在给人一种伶仃无告的感觉。在中国诗里，"可怜"是"可爱"的代名词。男人向有保护异性的嗜好，而在青黄不接的过渡时代，颠连困苦的生活情形更激动了这种倾向。宽袍大袖的，端凝的妇女现在发现太福相了是不行的，做个薄命人反倒于她们有利。

　　那又是一个各趋极端的时代。政治与家庭制度的缺点突然被揭穿。年轻的知识阶级仇视着传统的一切，甚至于中国的一切。保守性的方面也因为惊恐的缘故而增强了压力。神经质的论争无日不进行着，在家庭里，在报纸上，在娱乐场所中。连涂脂抹粉的文明戏演员，姨太太们的理想恋人，也在戏台上向他们的未婚妻借题发挥讨论时事，声泪俱下。

　　一向心平气和的古国从来没有如此骚动过。在那歇斯底里的气氛里，"元宝领"这东西产生了——高得与鼻尖平行的硬领，像缅甸的一层层叠至尺来高的金属顶圈一般，逼迫女人们伸长了脖子。这吓人的衣领与下面的一捻柳腰完全不相称。头重脚轻，无均衡的性质正象征了那个时代。

民国初建立，有一时期似乎各方面都有浮面的清明气象。大家都认真相信卢梭的理想化的人权主义。学生们热诚拥护投票制度、非孝、自由恋爱。甚至于纯粹的精神恋爱也有人实验过，但似乎不会成功。

时装上也显出空前的天真、轻快、愉悦。"喇叭管袖子"飘飘欲仙，露出一大截玉腕。短袄腰部极为紧小。上层阶级的女人出门系裙，在家里只穿一条齐膝的短裤，丝袜也只到膝为止，裤与袜的交界处偶然也大胆地暴露了膝盖，存心不良的女人往往从袄底垂下挑拨性的长而宽的淡色丝质裤带，带端飘着排穗。

民国初年的时装，大部分的灵感是得自西方的。衣领减低了不算，甚至被蠲免了的时候也有。领口挖成圆形，方形，鸡心形，金刚钻形。白色丝质围巾四季都能用。白丝袜脚跟上的黑绣花，像虫的行列，蠕蠕爬到腿肚子上。交际花与妓女常常有戴平光眼镜以为美的。舶来品不分青红皂白地被接受，可见一斑。

军阀来来去去，马蹄后飞沙走石，跟着他们自己的官员、政府、法律，跌跌绊绊赶上去的时候，也同样地千变万化。短袄的下摆忽而圆，忽而尖，忽而六角形。女人的衣服往常是和珠宝一般，没有年纪的，随时可以变卖，然而在民国的当铺里不复受欢迎了，因为过了时就一文不值。

时装的日新月异并不一定表现活泼的精神与新颖的思

想。恰巧相反。它可以代表呆滞；由于其他活动范围内的失败，所有的创造力都流入衣服的区域里去。在政治混乱期间，人们没有能力改良他们的生活情形，他们只能够创造他们贴身的环境——那就是衣服。我们各人住在各人的衣服里。

一九二一年，女人穿上了长袍。发源于满洲的旗装自从旗人入关之后一直是与中土的服装并行着的，各不相犯。旗下的妇女嫌她们的旗袍缺乏女性美，也想改穿较妩媚的袄裤，然而皇帝下诏，严厉禁止了。五族共和之后，全国妇女突然一致采用旗袍，倒不是为了效忠于满清、提倡复辟运动，而是因为女子蓄意要模仿男子。在中国，自古以来女人的代名词是"三绺梳头，两截穿衣"。一截穿衣与两截穿衣是很细微的区别，似乎没有什么不公平之处，可是一九二〇年的女人很容易地就多了心。她们初受西方文化的熏陶，醉心于男女平权之说，可是四周的实际情形与理想相差太远了，羞愤之下，她们排斥女性化的一切，恨不得将女人的根性斩尽杀绝。因此初兴的旗袍是严冷方正的，具有清教徒的风格。

政治上，对内对外陆续发生的不幸事件使民众灰了心。青年人的理想总有支持不了的一天。时装开始紧缩。喇叭管袖子收小了。一九三〇年，袖长及肘，衣领又高了起来。往年的元宝领的优点在它适宜的角度，斜斜地切过两腮，不是瓜子脸也变了瓜子脸，这一次的高领却是圆筒式的，紧抵着下颌，肌肉尚未松弛的姑娘们也生了双下巴。这种衣领根本不可恕。可是它象征了十年前那种理智化的淫逸的空气——直挺挺的衣领远远隔开了女神似的头与下面的丰柔肉身。这儿有讽刺，有绝望后的狂笑。

当时欧美流行着的双排钮扣的军人式的外套正和中国人

凄厉的心情一拍即合。然而恪守中庸之道的中国女人在那雄赳赳的大衣底下穿着拂地的丝绒长袍,袍衩开到大腿上,露出同样质料的长裤子,裤脚上闪着银色花边。衣服的主人翁也是这样奇异的搭配,表面上无不激烈地唱高调,骨子里还是唯物主义者。

近年来最重要的变化是衣袖的废除。(那似乎是极其艰难危险的工作,小心翼翼地,费了二十年的工夫方才完全剪去。)同时衣领矮了,袍身短了,装饰性质的镶滚也免了,改用盘花钮扣来代替,不久连钮扣也被捐弃了,改用揿钮。总之,这笔账完全是减法——所有的点缀品,无论有用没用,一概剔去。剩下的只有一件紧身背心,露出颈项、两臂与小腿。

现在要紧的是人,旗袍的作用不外乎烘云托月忠实地将人体轮廓曲曲勾出。革命前的装束却反之,人属次要,单只注重诗意的线条,于是女人的体格公式化,不脱衣服不知道她与她有什么不同。

我们的时装不是一种有计划有组织的实业,不比在巴黎,几个规模宏大的时装公司如 Lelong's, Schiaparelli's, 垄断一切,影响遍及整个白种人的世界。我们的裁缝却是没主张的。公众的幻想往往不谋而合,产生一种不可思议的洪流。裁缝只有追随的分儿。因为这缘故,中国的时装更可以做民意的代表。

究竟谁是时装的首创者,很难证明,因为中国人素不尊重版权,而且作者也不甚介意,既然抄袭是最隆重的赞美。最近入时的半长不短的袖子,又称"四分之三袖",上海人便说是香港发起的,而香港人又说是由上海传来的,互相推委,不敢负责。

一双袖子翩翩归来，预兆形式主义的复兴。最新的发展是向传统的一方面走，细节虽不能恢复，轮廓却可尽量引用，用得活泛，一样能够适应现代环境的需要。旗袍的大襟采取围裙式，就是个好例子，很有点"三日入厨下"的风情，耐人寻味。

男装的近代史较为平淡。只有一个极短的时期，民国四年至八九年，男人的衣服也讲究花哨，滚上多道的如意头，而且男女的衣料可以通用，然而生当其时的人都认为是天下大乱的怪现状之一。目前中国人的西装，固然是严谨而暗淡，遵守西洋绅士的成规，即使中装也长年地在灰色、咖啡色、深青里面打滚，质地与图案也极单调。男子的生活比女子自由得多，然而单凭这一件不自由，我就不愿意做一个男子。

衣服似乎是不足挂齿的小事。刘备说过这样的话："兄弟如手足，妻子如衣服。"可是如果女人能够做到"丈夫如衣服"的地步，就很不容易。有个西方作家(有萧伯纳么?)曾经抱怨过，多数女人选择丈夫远不及选择帽子一般的聚精会神、慎重考虑。再没有心肝的女子说起她"去年那件织锦缎夹袍"的时候，也是一往情深的。

直到十八世纪为止，中外的男子尚有穿红着绿的权利。男子服色的限制是现代文明的特征。不论这在心理上有没有不健康的影响，至少这是不必要的压抑。文明社会的集团生活里，必要的压抑有许多种，似乎小节上应当放纵些，作为补偿。有这么一种议论，说男性如果对于衣着感兴趣些，也许他们会安分一点，不至于千方百计争取社会的注意与赞美，为了造就一己的声望，不惜祸国殃民。若说只消将男人打扮得花红柳绿的，天下就太平了，那当然是笑话。大红蟒衣里面戴着绣花肚兜的官员,照样会淆乱朝纲。但是预言家威尔斯的合理化的乌托邦里面的男女公民一律穿着最鲜艳的薄膜质的衣裤、斗篷,这倒也值得做我们参考的资料。

因为习惯上的关系,男子打扮得略略不中程式,的确看着不顺眼,中装加大衣,就是一个例子,不如另加上一件棉袍或皮袍来得妥当,便臃肿些也不妨。有一次我在电车上看见一个年轻人,也许是学生,也许是店伙,用米色绿方格的兔子呢制了太紧的袍,脚上穿着女式红绿条纹短袜,嘴里衔着别致的描花假象牙烟斗,烟斗里并没有烟。他吮了一会,拿下来把它一截截拆开了,又装上去,再送到嘴里去吮,面上颇有得色。乍看觉得可笑,然而为什么不呢,如果他喜欢?……秋凉的薄暮,小菜场上收了摊子,满地的鱼腥和青白色的芦粟的皮与渣。一个小孩骑了自行车冲过来,卖弄本领,大叫一声,放松了扶手,摇摆着,轻倩地掠过。在这一刹那,满街的人都充满了不可理喻的景仰之心。人生最可爱的当儿便在那一撒手罢?

1943 年 12 月

多鼠斋杂谈

（二则）

◎老舍

一 衣

对于英国人，我真佩服他们的穿衣服的本领。一个有钱的或善交际的英国人，每天也许要换三四次衣服。开会，看赛马，打球，跳舞……都须换衣服。据说：有人曾因穿衣脱衣的麻烦而自杀。我想这个自杀者并不是英国人。英国人的忍耐性使他们不会厌烦"穿"和"脱"，更不会使他们因此而自杀。

我并不反对穿衣要整洁，甚至不反对衣服要漂亮美观。可是，假若教我一天换几次衣服，我是也会自杀的。想想看，系纽扣解纽扣，是多么无聊的事！而纽扣又是那么多，那么不灵敏，那么不起好感，假若一天之中解了又系，系了再解，至数次之多，谁能不感到厌世呢！

在抗战数年中，生活是越来越苦了。既要抗战，就必须受苦，我决不怨天尤人。再进一步，若能从苦中求乐，则不但可以不出怨言，而且可以得到一些兴趣，岂不更好呢！在衣食住行人生四大麻烦中，食最不易由苦中求乐，菜根香一定香不过红烧蹄膀！菜根使我贫血；"狮子头"却使我壮如雄狮！

住和行虽然不像食那样一点不能将就，可是也不会怎样苦中生乐。三伏天住在火炉子似的屋内，或金鸡独立的在汽车里挤着，我都想掉泪，一点也找不出乐趣。

只有穿的方面，一个人确乎能由苦中找到快活。七七抗战后，由家中逃出，我只带着一件旧夹袍和一件破皮袍，身上穿着一件旧棉袍。这三袍不够四季用的，也不够几年用的。所以，到了重庆，我就添置衣裳。主要的是灰布制服。这是一种"自来旧"的布作成的一下水就一蹶不振，永远难看。吴组缃先生名之为斯文扫地的衣服。可是，这种衣服给我许多方便——简直可以称之为享受！我可以穿着裤子睡觉，而不必担心裤缝直与不直；它反正永远不会直立。我可以不必先看看座位，再去坐下；我的宝裤不怕泥土污秽，它原是自来旧。雨天走路，我不怕汽车。晴天有空袭，我的衣服的老鼠皮色便是伪装。这种衣服给我舒适，因而有亲切之感。它和我好像多年的老夫妻，彼此有完全的了解，没有一点隔膜。

我希望抗战胜利之后，还老穿着这种困难衣，倒不是为省钱，而是为舒服。

二 帽

在"七七"抗战后，从家中跑出来的时候，我的衣服虽都是旧的，而一顶呢帽却是新的。那是秋天在济南花了四元钱买的。

廿八年随慰劳团到华北去，在沙漠中，一阵狂风把那顶呢帽刮去，我变成了无帽之人。假若我是在四川，我便不忙于去再买一顶——那时候物价已开始要张开翅膀。可是，我是在北方,天已常常下雪,我不可一日无帽。于是,在宁夏,我花了六元钱买了一顶呢帽。在战前它公公道道的值六角钱。这是一顶很顽皮的帽子。它没有一定的颜色,似灰非灰,似紫非紫,似赭非赭,在阳光下,它仿佛有点发红,在暗处又好似有点绿意。我只能用"五光十色"去形容它,才略为近似。它是呢帽,可是全无呢意。我记得呢子是柔软的,这顶帽可是非常的坚硬,用指一弹,它嗒嗒的响。这种不知何处制造的硬呢会把我的脑门儿勒出一道小沟,使我很不舒服;我须时时摘下帽来,教脑袋休息一下!赶到淋了雨的时候,它就完全失去呢性,而变成铁筋洋灰的了。因此,回到重庆以后,我总是能不戴它就不戴;一看见它我就有点害怕。

因为怕它,所以我在白象街茶馆与友摆龙门阵之际,我又买了一顶毛织的帽子。这一顶的确是软的,软得可以折起来,我很高兴。

不幸,这高兴又是短命的。只戴了半个钟头,我的头就好像发了火,痒得很。原来它是用野牛毛织成的。它使脑门热得出汗,而后用那很硬的毛儿刺那张开的毛孔!这不是戴帽,而是上刑!

把这顶野牛毛帽放下,我还是得戴那顶铁筋洋灰的呢帽。经雨淋、汗浸、风吹、日晒,到了今年,这顶硬呢帽不但没有一定的颜色,也没有一定的样子了——可是永远不美观。每逢戴上它,我就躲着镜子;我知道我一看见它就必有斯文扫地之感!

前几天,花了一百五十元把呢帽翻了一下。它的颜色竟自有了固定的倾向,全体都发了红。它的式样也因更硬了一些而暂时有了归宿,它的确有点帽子样儿了!它可是更硬了,不留神,帽檐碰在门上或硬东西上,硬碰硬,我的眼中就冒了火花！等着吧,等到抗战胜利的那天,我首先把它用剪子铰碎,看它还硬不硬！

古代的服装及其他

◎吴晗

在封建社会里,也和今天一样,人人都要穿衣裳。但是,有一点不同,衣裳的质料、颜色、花饰有极大讲究,不能随便穿,违反了制度,就会杀头,甚至一家子都得陪着死。原来那时候,衣裳也是表示阶级身份的。

以质料而论,绸、缎、锦、绣、绡、绮等等都是统治阶级专用的,平民百姓只能穿布衣。以此①,布衣就成为平民百姓的代名词了。有些朝代还特地规定,做买卖的有钱人,即使买得起,也禁止用丝质材料。

以颜色而论,大红、鹅黄、紫、绿等染料国内产量少,得从南洋等地进口,价格很贵。数量少,价钱贵,色彩好看,这样,连色彩也被统治阶级专利了。皇帝穿黄袍,最高级的官员穿大红、大紫,以下的官员穿绿,皂隶②穿黑。至于平民百姓,就只好穿白了,以此,"白衣"也成为平民百姓的代名词。

至于花饰,在袍子上刺绣或者织成龙、凤、狮子、麒麟、蟒、仙鹤、各种各样的鸟等等,也是按贵族、官僚的地位和等级分别规定的。平民百姓连绣一条小虫儿小鱼儿也不行,更不用说描龙画凤了。不但如此,在统治阶级内部,也有极大讲究,

① 以此:因此。
② 皂隶:旧时衙门里的差役。

例如龙袍,只有皇帝才能穿,绣着凤的衣服,只有皇后才配穿,即使是最大的官僚如穿这样的服装,就犯"僭用"①、"大逆不道"②的罪恶,非死不可。

北宋时有一个大官僚,很能办事,也得到皇帝信任。有一次多喝了一点酒,不检点穿件黄衣服,被人看见告发,几乎闯了大祸。

明太祖杀了很多功臣,其中有几个战功很大的,被处死的罪状之一是僭用龙凤服饰。

本来,贵族、官僚和平民都一样长着眼睛鼻子,一样黄脸皮、黑头发,一眼看去,如何能分出贵贱来?唯一区别的办法是用衣裳的质料、色彩、花饰,构成等级地位的标志;特别是花饰,官员一般在官服的前胸绣上动物图案,文官用鸟,武官用兽,其中又按品级分别规定哪一级用什么鸟什么兽,是一点也不能含糊的。这样,不用看面貌,一看衣裳的颜色和花饰就知道是什么地位的贵族,什么等级的官员了。当然,衬配着衣裳的还有帽子、靴子,例如皇帝的平天冠,皇后和贵族妇女的凤冠,官员的纱帽、朝靴③,以及身上佩带的紫金鱼袋或者帽上的翎毛,坐的车饰,轿子的装饰和抬轿的人数,和住的房子的高度,间数多少,用什么瓦之类等等。

在北京,许多旧建筑,主要是故宫,不是都盖的是黄琉璃瓦吗?这种房子只有皇帝才能住,再不,就是死去的皇帝,例

---

① 僭用:古时地位在下的冒用地位在上的名义或礼仪、器物,叫僭用。僭,超越本分。

② 大逆不道:封建统治者对反抗封建统治、背叛封建礼教的人所加的重大的罪名。

③ 朝靴:朝见君主时穿的礼靴。

如帝王庙。神佛也被优待，象北海的天王殿也用琉璃瓦，不过是杂色的。

为了确保专用的权利，历代史书上都有舆服志这一类的专门纪录，在法律上也有专门的条款。

各个阶级的人们规定穿用不同的服装，住不同的房子，使用不同的交通工具，绝对不许乱用。遵守规定的叫合于礼制，反之就是犯法。合于礼制的意思，就是维护封建秩序。但是，也有例外，例如在统治阶级控制力量削弱的时候，富商大贾突破规定，乱穿衣裳，模仿宫廷和官僚家庭打扮，或者索性拿钱买官爵，穿着品官①服装，招摇过市。至于农民起义战争爆发后，起义的人们根本不管这一套，爱穿什么就穿什么，那就更不用说了。

今天这些都已经成为历史上的陈迹了。宫殿、王府、大官僚的邸第②还可以看到，只是已经变了性质，例如故宫和天王殿都成为博物馆，帝王庙办了中学，成为人民大众游览和学习的场所了。至于服装，除了在博物馆可以看到一些以外，人们还可以在舞台上看到。

---

① 品官：有品级的官员。魏晋以后，官员一般分为九品。
② 邸第：高级官员的住所。

女子装饰的心理

◎萧红

　　装饰本来不仅限于女子一方面的,古代氏族的社会,男子的装饰不但极讲究,且更较女子而过。古代一切狩猎氏族,他们的装饰较衣服更为华丽,他们甘愿裸体,但对于装饰不肯忽视。所以装饰之于原始人,正如现在衣服之于我们一样重要。现在我们先讲讲原始人的装饰,然后由此推知女子装饰之由来。

　　原始人的装饰有两种,一种是固定的为黥创文身,穿耳、穿鼻、穿唇等;一种是活动的,就是连系在身体上暂时应用的,为带缨、钮子之类。他们装饰的颜色主要的是红色,他们身上的涂彩多半以赤色条绘饰,因为血是红的,红色表示热烈,具有高度的兴奋力。就是很多的动物,对于赤色,也和人类一样容易感觉,有强烈的情绪的连系。其次是黄色,也有相当的美感,也为原始人所采用,再是白色和黑色,但较少采用。他们装饰所选用的颜色,颇受他们的皮肤的颜色所影响,如白色和赤色对于黑色的澳洲人颇为采用,他们所采用的颜色是要与他们皮肤的颜色有截然分别的。

　　至于原始人对于装饰的观念怎样呢？他们究竟为什么要装饰？又为什么要这样装饰呢？这就谈到了他们装饰的心理问题了。

我们大概会惊异于他们这种重视装饰的心理罢,如黥身是他们身体装饰中最痛苦的,用刀或铁箭在身上刺成各种花纹,有的且刺满全身,他们竟于忍受痛苦而为其人的勇敢毅力的表示。而这种忍受,大都是为了装饰美观,极少含有其他作用。少年男女到了相当年龄,便执行着这种苦刑,而以为荣。以为假如身上没能刺刻的花纹,则将来很难找到爱侣。至于活动的装饰,如各种环缨之类的佩戴物,则一方面表示他们勇敢善战,不怯懦,一方面是引起异性的爱悦,因为他们都以勇敢善斗为荣。身上所佩戴的许多珍贵的装饰物,表示他们的富有,是以勇敢夺得或猎取来的。总之,原始人装饰的用意,一方面是引起异性爱悦,一方面是引起他人的敬畏。事实上,各种装饰是兼具此两种意义的,这实在是生存竞争中不可少和有效的工具。由这些情形看来,在原始社会中男子的装饰较女子讲究,也是因为原始社会的人民,没有确定的婚姻制度,无恒久的配偶,而女子在任何情形中都有结婚的机会,男子要得到伴侣,比较困难,故必须用种种手段以满足其欲望。

　　但在文明社会中,男女关系与此完全相反,男子处处站在优越地位,社会上一切法律权利都握在男子手中,女子全居于被动地位。虽然近年来有男女平等的法律,但在父权制度之下,女子仍然是被动的。因此,男子可以行动自由,女子至少要受相当的约制。这样一来,女子为达到其获得伴侣的欲望,因此也要借种种手段以取悦异性了。这种手段,便是装饰。

　　装饰主要的用意,大都是一方以取悦于男性,一方足以表示自己的高贵。脸上敷着白粉、红脂、口红、蔻丹等。刚才说过红色是原始人用作装饰的主要颜色,红白相称特别鲜明,不独引人注目,亦以表示其不亲劳动的身份。故牙齿既然是白的,口唇必须涂红。西洋妇女脸上涂桔黄色的粉,这是表示她们的富有,因为夏天海滨避暑为海风吹拂脸颊成黄色。白色最能显示脸部和身体的轮廓,原始人跳舞往往在夜间昏昏的灯光和月色之下,用的色在身体验成条纹,使身体轮廓显明,易为人注目。妇女用红白二色饰脸部,也是利用其颜色鲜明,且色其热烈性,易使人感动。中国少女结婚时多穿红衣红裙,大概不外这个意义。

女子装饰亦随社会习惯而变迁。昔人的观念,以柔弱娇小为美,故女子束腰裹脚之行盛行,有"楚王好细腰,宫中多饿死"的惨事。近来体育发达,国人观念改变,重健康,好运动,女子以体格壮健肤色红黑为美。现在一班新进的女子,大都不饰脂粉,以太阳光下的红黑色肤色的天然风致为美了。黑色太阳镜之盛行,不外表示其常常外出的习惯而已。

旗袍吟

◎程乃珊

　　要说上海女人的经典形象,十有八九总仍脱离不了斜襟上插着一块麻纱绢头、手执一把檀香扇的旗袍女士。近百年来,不论在战火的硝烟之中,还是黑白颠倒的乱世,直到百花齐放的今天,上海女人就是这样,在历史板块的碰撞下,在传统与现代间、东方与西方间、约束与开放间、规范与出位间,一身承载着历史的沧桑和现代的亮点,婉转而行,迂回展步⋯⋯那婀娜的旗袍身影,弥漫着浓郁的上海百年风情,成为注入西方元素的东方文化最感性的写照,是中国特色的社会主义最温柔的注释!

　　遗憾的是,作为上海女人经典形象的旗袍女士,在现实中,却是少之又少。

　　都讲上海人什么都敢穿:吊带裙、露脐装、热裤、超短裙⋯⋯偏就是满街罕见旗袍身影!

　　上海女人天生是应该穿旗袍的!

　　上海女人白皙细腻的皮肤,相对高头大马的洋妇要娇小玲珑,凹凸有致的身形,天生就是应该穿旗袍的!

　　旗袍看似密实,其实最是性感。含蓄之中流闪着几丝只有在线装小说绣像插图中的仕女才有的清幽,因而连带旗袍的性感,都是一种恬淡的靓丽!

上海近代旗袍如上海的石库门，其实根本已是西洋化了的，唯有在领口、在门襟、在工艺上保留有中国传统女装的精华。旗袍在未传入上海前，只是一件肥大得没有腰身的、男女装无太大区分的褂子；哪怕再缀上珠片、绣上图案，还是一件与男装无异的褂子，只是尺寸小了一点。进入上海后，上海师傅将西方时装的元素如打褶、收腰、装垫肩等注入进去，一如将欧洲的百叶窗和窗饰注入本地房子的建筑设计而形成上海特色的石库门房子一样的道理。令上海旗袍从此走出传统女装不注重人体线条美的迂腐陈章，从此走入时装的行列。

须知并不是所有的上海旗袍都具备时装特色的。

旗袍师傅如考钢琴级数大有讲究。一种是从前叫到家里来做的女裁缝，一种就是正式吃过萝卜干饭的男裁缝，他们也做住家裁缝。通常女裁缝都没有什么专业水准，只会一张嘴巴满口生花，做"生活"倒在其次，给当时少社交的老式上海主妇聊天解厌气是真的。她们做的旗袍，直笼统一件，也无所谓有没有样子。旧上海大部分市井女人穿的就是这种旗袍，这不是我们今天意义上的旗袍。

一般男裁缝一定是吃过萝卜干饭拜过师傅的，也有做住家的。做的活大多是夹的、棉的男女中装，旗袍也做的，但他们接触的时髦女人少，故而做出的旗袍也是样子土土的，有时给他一件好的旗袍样子让他克隆，他依样画葫芦也可像模像样，只是没有创意也不肯改革，下次再做又是土土的。

一等一的旗袍师傅是不做住家的，他们大都自己有一只铺面，开在旧租界地的小马路上。他们不仅做旗袍，一定也做大衣，而且单一只做女装不做男装。他们通常都是在鸿翔、朋街做过师傅，中国人都宁为鸡头、不做牛尾，做了几年有了固定的客户群,有了一定口碑,有了一点资金,就辞了工出来自己做。通常他们自己亲自出来接生活,量体、裁剪、试样等重要环节由他们亲自把关,其他就交由小学徒做。他们既是老板又是设计师,还是公关经理,走出来也是登登样样地注重仪表,穿得山青水绿的,是上海先生中一众颇有特色的男性。这批人后来不少在一九四九年后南下香港,香港的"上海师傅"品牌,就是他们打出来的,很是发了一发。当年笔者祖母的一个相熟旗袍师傅叫"小毛师傅"的,笔者在港再见他时,已是开"宝马"、在九龙尖沙咀某五星级酒店内租有两间门面专接来料加工的时装店老板。一出《花样年华》,令他生意应接不暇,当然今天他已不用亲自操刀了。

留在上海的这批旗袍人才,日子也挺好过,过往的老客户都是拿定息的或领高薪的资产阶级太太。旗袍在上海,直到"文革"前的一九六四年、一九六五年,仍在小圈子内流行。那时逢喜宴、生日宴,女宾仍穿旗袍。若穿裤装出席,中年上海太太会觉得不够庄重。她们自然不会去国营店做的,又贵又不知最后批到哪里去做,还是叫回跟了自己几十年的老师傅工余去接生活。当时一件旗袍做工约四五元,那些老师傅的工资才只有六七十元,是一笔很可观的"外快"呢。"文革"开始割资本主义尾巴,把他们的外快也割掉了。待到邓小平上来后,时局相对缓和点,他们又出来了,找回自己的老主顾。所以讲,上海女人和她们的相熟的理发师、裁缝师的关系坚贞不移,稳定过经"明媒正娶"的老公!是一种一辈子的追随。

那时我们家一个相熟师傅是"绿屋夫人时装沙龙"出身的,后来在上海时装公司工场间做大路货,我们跟着妈妈叫惯他周裁缝,常会叫他来做衣服。为了怕割资本主义尾巴把他割掉,后来改口叫他周彩凤,听似女人名字,实是周裁缝的谐音,需要时寄一张明信片给他;周彩凤,明天晚上来我家白相。他就心领神会了。

那个时候,旗袍自然是不做了,但我们会将海外亲友寄来的时髦照片给他参考,做出的两用衫、西装裤就是不一样。我们称赞不已,他却觉得十分冤屈——简直是杀鸡用牛刀!

最让他受不了的,是因为当时资源短缺,妈妈从前的漂亮旗袍,都给拆了做成我侄子女儿的小人棉袄面子,这些都是他精心的作品呀!他件件都记得。

"阿呀,你这件旗袍是平锦做工的呀!我当年拆了改,改了拆,花了多少工夫呀!"

妈妈苦笑着:"这种东西现在比垃圾都不如,连红卫兵抄家都不要!"

周彩凤也连声叹息:"唉,我做了半世旗袍,白白里了!再也没人会穿旗袍了,就是有了,也没人穿得像了。喏,这种年轻人……"说着向我努努嘴。我听了还很不服气。

现在想想,他的话一点也没讲错。

二十世纪八十年代,开放了,我立马请周彩凤帮我做了几件旗袍,但穿在身上横看竖看,总觉得穿不出妈妈当年的风韵,是不是周彩凤的技术生疏了?

已垂垂老矣的他幽幽地说:"穿旗袍,需要内功的!"

我这才记起当年他讲过的那句话!

因为终究觉得内功不足,再加旗袍确有诸多不便,首先穿一身旗袍去挤公交车,连踏步都跨不上。问妈妈当年是如何克服这个障碍的,她歪头想了半天,说:"要么那时的电车没有现在这样挤,踏步也没有那么高?"反正,现在不大有机会穿旗袍。

看来,旗袍要真正完全回到上海女人日常生活中,还是有局限的。皆因今日上海女人比以前的上海女人要活泼忙碌得多,穿旗袍总有点行动不方便。有人好心办错事,将旗袍从做工到款式来个改良,特别是那些小商品市场的廉价改良旗袍,改得惨不忍睹!

旗袍已成经典,但凡经典,总万万不可随便改良的。旗袍的切、嵌、滚、镶工艺确实繁冗,但这正是其灵魂,将这个也贪方便简化了,这还叫旗袍吗?旗袍要改良,只能从工艺、剪裁上考虑引入先进手法,如立体裁衣、纸版做样;在款式上,是轻易动不得的。

旗袍是衣中贵族,那股贵气不在衣料本身是否名贵,而在做工是否精巧和穿衣人的内功是否到位。

近年上海的社交活动越来越频繁,级数也在上升,不少请柬上都明文指定:请正装出席。男人好办,一身西装满世界走。女人怎么办?特别我们这些中年女人,已常常被报刊的时尚版冷嘲热讽。昨天刚刚又看到一份报纸的时尚版,看似教中年女人如何打扮,骨子里是满腔蔑视,甚至提高到"严重污染了城市环境"的地步。

中年女人没这么糟吧?

起码,中年女人穿旗袍,要比年轻女人多几分内功。

基于市面上一件上得场面的晚装动不动就几千元以上,而且对我们中年女人,袒胸露背是自曝其短,穿套装出席又太古板,旗袍,是我们最好的选择。

我的画家好友刘思也是个旗袍发烧友,近年她为我设计了好几件旗袍,其中还有手绘的,然后找了个中年裁缝严格把关教他如何制，效果不错。特别一件红花布翠绿滚条的，大红配大绿，俗到极点负负得正，反成别致。初时还觉忐忑，后得到谢春彦称赞，顿觉踏实。

旗袍令女人自信，令女人在公众场合更注意仪态举止。女人穿上旗袍会格外注意到鞋和头发的整齐清洁，女人穿上旗袍会显得特别温婉贤淑！

报端讲，上海奇缺西菜厨师，我则认为，上海还奇缺一批如周彩凤那样的手艺、又有现代审美观念和裁剪技艺的专业现代旗袍工艺师！

上海旗袍只有八十余年历史，还很年轻，她不应如日本的和服那样已游离生活，她应成上海一道流动的丽色，既可在社交场合闪现，也可在上海大街小巷迂回……

拜托了，新一代时装工艺师，让旗袍回到上海女人身上吧！

衣

穿衣的烦恼

◎柳萌

　　从小时候算起,在我的记忆里,没有穿过讲究的衣服。年幼时家境不好,能有两件不太露肉的布衣,那就蛮不错了,何况补丁衣服还不断。走向社会自己挣钱了,那时的衣服时兴中山装,好坏不在样式,全由衣料区分,高级的为将校呢、哔叽之类,我那仨瓜俩枣的工资绝对是买不起的,穿得最好时也不过是华达呢、卡其布,不过总还算说得过去。所以在很长一段时间里,我考虑自己的衣着,一是自己买得起,二是自己穿着随便,至于别人怎么看,从来不管不顾,反正我不是演员,何必穿衣表演呢? 就这样好歹度过了青年时期的最初几年。

　　后来好像我能有稿费收入了,又在一家报社当了编辑,生活、地位都有了些变化,按说在穿戴上也该注重些了,可是不知怎么,我依然是布衣出入各种场合,从没有要改变装束的考虑。

　　有次我去北京饭店采访一个大型活动,结束后从大厅走出来,碰到一位认识的轿车干部,交谈几句之后,他问我去哪里。一听是顺路,就请我搭他车一起走。有他的真诚邀请,我自然不想去挤公共汽车。这位以后成了驻某国大使的干部,是文化人出身,为人很随和,他坐的车开过来,他就自己先钻进去了,等我好一会儿,还不见我来,就从车窗探出头看,见一位穿警服的人正盘问我，以为我出了什么事，就又从车中走出来，了解到是不让我走近轿车，他便跟警卫说："他是报社记者，搭我的车回去，让他过来吧！"弄得我很尴尬，坐在车里，心里很不是滋味。这位轿车干部，见我闷闷不乐，端详了我一会儿，笑着说："你也是，回去照照镜子看，到了这种场合，你还穿这身衣服，真有你的。"这时我才注意到，来参加活动的人，大都很有派头，而这派头的一半儿，正是来自他们的包装。也是在这时，我才第一次理解了"人靠衣服马靠鞍"的含义。原来穿着的好坏并不全是为了自己，在许多时候还要给别人看，有些势利眼的人判断经济上的穷富和社会地位的高低，就是要看你包装的这层皮。

时隔不久，我发表了两篇文章，拿到这两笔稿费，请一位在文化部工作的朋友，在一家小馆美美地撮了一顿，还剩一些钱，让他陪我去买一套像样的衣服，想穿上也风光风光，免得再遭遇以衣帽取人者的白眼。

我俩走到东安市场的衣帽柜台，一问价钱，款式质地说得过去的都很贵，我手中的这点钱，只够买一条裤子的，朋友也没有带钱来，这下又犯了愁。本想转身走，等有了钱再买，这位年长些的营业员，似乎觉察出了我的难处，他说："您别为难。我看这样吧，您先买条裤子穿，上身穿别的衣服，搭配起来也很不错。"没穿过好的衣服，自然也就没主意，依着他说的，我买了条蓝色毛哔叽裤子，这也是我头次穿料子裤。不过大都是在参加像样的活动时穿，平日里总是平展展地压在褥子底下。后来我曾仔细地观察过，当时的北京城，挺时兴这种穿法，即，上穿布衣下着料裤，说不定都和我一样，手中无钱又想臭美，就来个"穷""富"搭配。那位营业员给我出的主意大概是来源于这种社会流行的穿法。

有了这条毛哔叽裤子,总还是希望再配件上衣,把自己装扮得模样帅气些。还未容我的愿望实现,谁知就来了整文化人的运动,我这小青年也被戴上了"右"字荆冠。从此也就离开了北京,先是在黑龙江,后来又到内蒙古,开始了流放中的劳役生活,别说穿好点的衣服了,能穿干净点的就算不错了。至于给那条裤子搭配上衣的事,自然也就成了无法实现的想望,那条料裤作为纪念品带在我身边许久。不过老天爷还挺怜惜我,在北大荒农场劳改时,我万万没有想到,一个偶然的机会,让我得到一套高级料子服,而且是做工精细崭新的一套。只是得到它时我又不情愿又很凄楚,后来每次见到这套高级服装,我心中都会涌起无法排解的愤懑。

那是在我到了北大荒农场不久,有天来了几位衣冠楚楚仪表堂堂的男子汉,站在我们这堆破衣烂衫的人中,如同破烂岗子上长出的鲜花,很耀人眼。后来才知道,这些人大都是外交官,因所谓"右派"言论,从驻在国使馆揪出,径直送来北大荒劳改,他们哪里会有赖衣服。可是总不能穿着上等衣料的衣服干农活,糟蹋了倒在其次,关键是不怎么随和方便,他们就主动提出来找我们换。一位从驻苏使馆来的一秘,见我的布衣多,就三番五次地要跟我换,从价值上讲,我是要占大便宜的,但在那个年月里,谁能指望流放结束呢,真正派得上用场的衣物才有价值,所以我并不情愿占这个便宜。后来他穿着那套笔挺的衣服扛扛抬抬实在不便,又经他再三磨蹭着要换,我一狠心,用一套平纹蓝色布衣,换了他一套深灰色的毛哔叽中山装。这时我也算拥有了贵重讲究的服装,只是在囚徒的劳役中穿不上,反而成了累赘随我四处搬迁。

在特定环境里形成的习惯，有时很难改变，真的有所改变反而觉得别别扭扭。二十多年的"右派"劳役生活，养成了我随地坐卧的习惯，穿的是破旧布衣从无心理负担，真让我穿上一点像样的衣服，站也不是，坐也不是，浑身上下都觉得不自在。如果像现在这样，有时不得已偶尔穿穿西装，还要戴上领带，就有被板子夹住的感觉，走路都不便抬步，一回家就立刻卸下这套"戏装"。有时穿件像样衣服上班，走在作家协会机关大院里，总少不了人问："怎么，今天有外事活动？穿得这么好。"可见，在熟悉我的人的印象里，我只是个布衣架子，根本没有穿锦衣绣衫的福分。不过任凭别人怎样看怎样说，我平常最喜欢穿的依然是随随便便的衣服，款式和质地从来不是我选择的着眼点。

可是话又说回来，这世道却不是以我的自在为标准，在几十年后开放的今天开放的北京，我这布衣之人，未曾想又遭遇到了几十年前的事，险些被北京一家刚开业的小宾馆的警卫给轰出来，原因还是我穿得不如别人讲究。不过我毕竟不是几十年前的小青年了，这几年又有机会进出国内外的星级宾馆饭店，这些地方敬宾待客的规矩和礼貌，我还是懂得些的，也就没有在这位警卫面前示弱，有礼有节地质问他几句，他只好乖乖地走开。只是每每想起这件事来，依然如芒刺在背，总觉得不是那么舒服，绝非全是为了个人，更多的是想我的同胞，为什么有人如此浅薄，竟然用衣着判善恶。

那天上午，《人民日报》海外版一位副总编辑约我，去这家宾馆看望一位香港文化界的朋友，考虑到这家宾馆距我家很近，又都是熟人，无需换穿什么像样的衣服。我脚蹬布鞋身穿旧布衣，便高高兴兴地去同朋友们聚会。这一带的宾馆饭店如兆龙、保利、亚洲,乃至长城、亮马河,我还是经常有机会出入的,不管穿的衣服如何,这些高级馆店,从门厅守卫到楼层服务小姐,总是满脸笑容地以礼相待,我从无失礼走样的感觉。这家宾馆的名声和规模远不如上述那些星级饭店,尤其是它的建筑结构既无特色又别扭,以至于我进入前厅大堂找不到电梯,只好向值班的警卫询问。这位看上去颇为英俊的小伙子,指给我电梯方向以后,随即跟着我走过来,因乘电梯的还有几位客人,起初我毫不介意,直到他绷着脸盘问我,才知道是冲着我来的。他连着问了:"你来干什么?""到几层?"我都一一做了回答,对于他的用意也未往心里去。后来他又问我:"找谁?"我就觉得有些过分了,别说我找的人他不认识,他更无法断定是否真实,就是他有记住客人房号的本事,这也是属于访客的隐私,他怎么能如此无礼呢?于是我毫不客气地回敬他说:"怎么,找人还问得这么详细?你们这儿是党中央还是国务院,要不要我开个介绍信来,或者你干脆跟着我上去?"他见我不硬不软地给了他几句,有的旅客也不解地用眼瞪他,他意识到再无礼下去会自找没趣儿,这才悄不声地退了回去。可是我依然很奇怪,以我的年龄、体态和气质,无论如何,总不会被人疑为偷儿或其他丑类的,那么在同乘电梯的几位客人中,这位"警惕"性很高的门卫,为什么会对我这么"关照"呢?上了电梯才恍然大悟,原来那几位的穿着,都显得比我讲究、阔绰,在这崇金拜银的年代里,我这一介寒士,理所当然地要被人提防着。不过我依然弄不太明白,这家高楼大厦的宾馆作为一个门卫,连给客人一个称呼都不懂,即使不愿叫我"同志",总还可以叫个"先生"吧,或者干脆像路人那样叫我个"师傅",这要求总不算过分吧!倘若用这家宾馆的以衣帽取人的做法推论下去，来的人哪怕是个大流氓、大骗子，只要穿着讲究，说不定会打开"总统套间"恭请无偿进住呢。真是岂有此理。

三十几年后又因布衣遭白眼，使我越发感到难堪难办，因为三十几年前的服装毕竟没有今天这般讲究，我还能用几十元的稿费买一条裤子穿，在众多一般人中也还不算寒酸。今天的服装如潮水似的涌来涌去，我叫不出任何一件名牌的名字，听说稍微像点样的就几百元，我现在这点可怜的工资，即使买一套中等服装，恐怕也得有几个月喝西北风。更何况我依然未改穿着随便舒适就是好服装的观念，就更没有必要花钱找罪去迎合那些眼睛长在头顶上的人啦。

衣

一袭青衫

◎琦君

　　我念中学时,初三的物理老师是一位高高瘦瘦的梁先生。他第一天进课堂,就给我们一个很滑稽的印象。他穿一件淡青褪色湖绉绸长衫,本来是应当飘飘然的,却太肥太短,就像高高地挂在竹竿上。袖子本来就不够长,还要卷上一截,露出并不太白的衬褂,坐在我后排的沈琪大声地说:"一定是借旁人的长衫,第一天上课来出出风头。"沈琪的一张嘴是全班最快的,喜欢挖苦人,我低着头装没听见,可是全班都吃吃地在笑。梁先生一双四方头皮鞋是崭新的,走路时脚后跟先着地,脚板心再拍下去,拍得地板好响。他又不坐,只是团团转,啪嗒啪嗒像跳踢踏舞似的。我想他一定是刚刚当老师心情很紧张吧,想笑也不敢笑,因为坐第一排太注目了。梁先生拿起粉笔在黑板上写了个大大的"梁"字,大声地说:

　　"我姓梁。"

　　"我们都早知道了,先生姓梁,梁山伯的梁。"大家齐声说。沈琪又轻轻地加了一句:"祝英台呢?"

　　梁先生像没听见,偏着头看了半天,忽然咧嘴笑了,露出一颗大大的金牙。沈琪又说:"镶金牙,好土啊。"幸得梁先生还是没听见。看着黑板上那个"梁"字自言自语地说:"今天这个字写得不好,不像我爸爸写的。"

全堂都哄笑起来，我也笑了。因为我听他喊爸爸那两个字，就像他还是个孩子。心想这位老师一定很孝顺，孝顺的人，一定是很和蔼的。沈琪却又说："这么大的人还喊爸爸，应该说'父亲'。"我不禁回过头去对她说："你别咬文嚼字了，爸爸就是父亲，父亲就是爸爸。"我说得好响，梁先生听见了。他说："对了，爸爸就是父亲，对别人得说'家父'，可是我只能说'先父'，因为我父亲已经去世了，是去年这个时候去世的。"他收敛了笑容，一双眼睛望向窗外，好像望向很远很远的地方，全堂都肃静下来。他又绕着桌子转起圈来，新皮鞋敲着地板啪嗒啪嗒响，绕了好几圈，他才开口说："今天第一堂课，你们还没有书，下次一定要带书来，忘了带书的不许上课。"语气斩钉截铁，本来很和蔼的眼神忽然射出两道很严厉的光来。我心里就紧张起来，因为我的理科很差，又不敢问老师。如果在本校的初三毕业考都过不了关，就没资格参加毕业会考了。因此觉得梁先生对我的前途关系重大，真得格外用功才好。我把背挺一下，做出很用心的样子，他忽然把眼睛瞪着我问："你叫什么名字？"

我说了名字，他又把头一偏说："叫什么，听不清，怎么说话跟蚊虫哼似的，上黑板来写。"大家又都笑起来，我心里好气，觉得自己一直乖乖儿的，他反而盯上我，他应当盯后排的沈琪才对。沈琪却用铅笔顶我的背说："上去写嘛，写几个你的碑帖字给他看看，比他那个梁字好多了。"我不理她，大着胆子提高嗓门说："希望的希，珍珠的珍。"

"噢，珍珠宝贝，那你父母亲一定很宝贝你啰，要好好用功啊。"

全堂都在笑，我把头低下去，对于梁先生马上失去了好

一袭青衫

感。他打开点名册，挨个儿地认人，仿佛看一遍就认得每个人似的。嘴巴一开一合，露着微龅的金牙，闪闪发光，威严中的确透着一股土气。下课以后，沈琪就跳着对大家说："你们知不知道，世界上有一种牙齿是最土的，就像梁先生的牙，所以我给他起个外号叫'土牙'。"大家都笑着拍手同意了。沈琪是起外号专家，有个代课的图画老师姓蔡，名观亭，她就叫他菜罐头。他代了短短一段日子课就被她气跑了，告诉校长说永生永世不教女生了。还有教导主任沈老师，一讲话就习惯地把右手握成一个圈，圈在嘴边，像吹号一般，沈琪就叫他"号兵"。他非常和气，当面喊他"号兵"他也不生气，还说当"号兵"要有准确的时间观念和责任感，是很重要的人物。但是"土牙"这个外号，就不能当着梁先生叫了，有点刻薄。语文老师说过，一个人要厚道，不可以刻薄，不可以取笑别人的缺点，叫人难堪。我们全班都很厚道，就是沈琪比较调皮，但她心眼并不坏，有时帮起人忙来，非常热心，只是有点娇惯，一阵风一阵雨的喜怒无常。

第二次上物理课时，我们每个人都把课本平平整整放在课桌上。梁先生踩着踢踏步进来，但这次响声不大，原来他的四方头新皮鞋已换成布鞋，湖绉绸长衫已经换成了深蓝布长衫。鞋子一看就知道太短，后跟倒下去，前面翘起像条龙船。他一点不在乎，往桌上一坐，两脚交叉，悬空荡着，我才仔细看到有一只鞋子前面，黑布已破了个小洞，沈琪低声地说："你看，他的鞋子要吃饭了。"我说："他一定是舍不得穿皮鞋吧。"母亲说过，节俭的人，一定是苦读出身，非常用功。现在当了老师，一定不喜欢懒惰的学生，可是我又实在不喜欢物理化学算术这些功课。

他从口袋里摸出一个小小空心玻璃人，一张橡皮膜，就把小人儿丢入桌上有白开水的玻璃杯中，蒙上橡皮膜，用手指轻轻一按，玻璃人就沉了下去，一放手又浮上来。他问："你们觉得很好玩是不是？哪个懂得这道理的举手。"班长张瑞文举手了。她站起来说明是因为空气被压，跑进了玻璃人身体里面，所以沉下去，证明空气是有重量的。梁先生点点头，却指着我说："记在笔记本上。"我坐在进门第一个位置，他就专盯我。我记下了，他把笔记本拿去看了下说："哦，文字还算清通。"大家又笑了，一个同学说："先生点对了，她是我们班上的语文大将。"梁先生看我说："语文大将？"又摇摇头："只有国文好不够，要样样事理都明白。你们知道物理是什么吗？物理就是宇宙一切事物的道理。道理本来就存在，不是人所能创造的，聪明的科学家就是把这道理找出来，顺着道理一步步追踪它的奥妙，发明了许多东西。我们平常人就是不肯用脑筋思考，只会享现成福。现在物理课就是把科学家已经发现的道理讲给我们听，训练我们思考的能力和兴趣。天地间还有许多道理没有被发现的，所以你们每个人将来都有机会做发明家，只要肯用脑筋。"

讲完了这段话，他似笑非笑闪着亮晶晶的金牙，我一想起"土牙"的外号，觉得很滑稽，却又有点抱歉。其实又不是我给他起的，只是感到梁先生实在热心教我们，不应当给他起外号的。他的话说得很快，又有点模糊不清，起初听来很费力，但因为他总是一边做些有趣的实验，一边讲，所以很快就懂了。他又说："日常生活中，无时无刻不接触到万物的道理。比如用铅笔写字，用筷子夹菜，用剪刀剪东西，就是杠杆定律，支点力点重点的距离放得对就省力，否则就徒劳无功，可是我们平

一袭青衫

常哪个注意到这个道理呢？这也就是中山先生所说的知难行易。可是我们不应当只做容易的事,要去试试难的,人类才会有进步。"

我们听了都很感动,他虽然是教物理,但时常连带讲到做人的道理。我们初三是全校的模范班,本来就一个个很有哲理的样子,对于语文老师的一言一行,都佩服得五体投地,现在物理老师也使我们佩服起来了。

有一次,他解释"功"与"能"的分别时,把一本书捧在手中站着不动说:"这是能,表示你有能力拿得动这本书,但一往前走产生了运送的效果,就是功。平常都说功能、功能,其实是两个步骤。要产生功,必须先有能,但只有能而不利用就没有功。"他又点着我们说:"你们一个个都有能,所以要用功。当然,这只是比喻啦。"说着他又闪着金牙笑得好慈祥。

他怕我们笔记记不清,自己再将教过的实验画了图画,写了说明编成一套讲义,要我们仔细再看,懂得道理就不必背。但在考试的时候,大部分背功好的同学都一字不漏地背上了。发还考卷的时候,他笑得合不拢嘴说:"你们只要懂,我并不要你们背,但能够背也好,会考时候,全部题目都包含在这里面了。"他又看着我说:"你为什么改我的句子?"

我吓一跳,原来我只是把他的白话改成文言,所有的"的"字都改成"之"字,句末还加上"也""矣""耳"等语助词,自以为文理畅顺,没想到梁先生会问,可是他并没不高兴,还说:"文言文确是比较简洁,我父亲也教我背了好多《古文观止》。"

"《古文观止》只是一本书,怎么说好多《古文观止》?"沈琪又嘀咕了。

"对,你说得对,沈琪。"梁先生冲她笑,一副从善如流的神情。

梁先生终年都穿蓝布长衫,冬天蓝布罩袍,夏天蓝布单衫,九十度的大热天都不出一滴汗。人那么瘦,长衫挂在身上荡来荡去。听说他曾得过肺病,已经好了。但讲课时偶然会咳嗽几声,他说粉笔灰吃得太多了,嗓子痒。我每一听他咳嗽,心里就会难过,因为我父亲也时常咳嗽,医生说是支气管炎,梁先生会不会也是支气管炎呢? 有一次,我把父亲吃的药丸瓶子拿给他看,问他是不是也可以吃这种药,他忽然把眉头皱了一下说:"你父亲时常吃这药吗?"我回答是的。他停了一下说:"谢谢你,我大概不用吃这种药,而且也太贵了。不过你要提醒你母亲,要特别当心父亲的身体,时常咳嗽总不大好。"看他说话的神情,那份对我父亲的关切像是异乎寻常的,我心里很感动。

沈琪虽然对梁先生也很佩服,但她生性喜欢捉弄人,尤其是对男老师。她看梁先生喜欢坐桌子,就把桌子脚抹了蜡烛油,梁先生一坐就往后滑,差点摔一大跤,全班都笑了,沈琪笑得最响。先生瞪着她说:"你笑什么? 站起来。"

沈琪笔直地站起来,一副"视死如归"的样子,嘴里却不服气地说:"又不是我一个人笑!"

"你最调皮,给我站好。"我们从来没见他这么凶过。

沈琪又咕噜咕噜轻声念着:"土牙,土牙,你这个大土牙。"梁先生大吼:"你说什么?"沈琪说:"我没说什么,我在背物理讲义。"

"好,你背吧!"那一堂课,她一直站到下课。我们这才看到梁先生凶的一面,也觉得他罚女生站一堂课有点过分了。下一次上课,他又笑嘻嘻的,好像什么都忘了。想坐桌子时,用手推一把，摇摇头说："太滑了。不能坐。"

我们在毕业考的前夕，每个人心情都很紧张沉重，对于教室的清洁和安静都没以前那么注意，但为了能够保持三年来一直得到的冠军名次，以及在学期结束时领取银盾的纪录，班长总是随时提醒大家注意，可是这个希望，却因物理课的最后一次月考而破灭了。

那天梁先生把题目卷子发下来以后，就在课堂里踩着踢踏步兜圈子。大家正在专心地写，忽然听见梁先生一声怒吼："大家不许写，统统把铅笔举起来。"我们吓一大跳，不知是为什么，回头看梁先生站在墙边贴的一张纸的前面，指着纸，声色俱厉地问："是谁写的这几个字！快站起来，否则全班零分。"我当时只知道那张纸是班长贴的，上面写着："各位同学如愿在暑假中去梁先生家补习数学或理化的请签名于后。"因为他知道我们班上有许多数理比较差的，会考以后，考高中以前，仍需补习，他愿义务帮忙，确确实实不要交一块钱。头一年就有同学去补习过，说梁先生教得好清楚易懂，好热心。所以我第一个就签上名，也有好多同学签了名。那么梁先生为什么那样生气呢？我实在不明白。冷场了好半天，没人回答，时间一分一秒地过去，我们心里又急又糊涂，我悄悄地问邻座同学究竟写的是什么呀。她不回答我，只是瞪了沈琪一眼，恨恨地说："谁写的快勇敢点出来承认，不要害别人。"可是沈琪一声不响，跟大家一齐举着铅笔，梁先生再一次厉声问："究竟谁写的？有勇气写，为什么没勇气承认？"忽然最后一排的许佩玲霍地站起来说："梁先生，罚我好了！是我写的，请允许同学们继续考试吧！"

梁先生盯着她看了半天说："是你？"

"我一时好玩写的,太对不起梁先生了。"说着,她就哭了起来,许佩玲是我们班上品学兼优的好学生,她这次究竟在那张纸上写了些什么,惹得梁先生那么冒火呢?

"好,有人承认了就好,现在大家继续答题。"他说。

我一面写,一面心乱如麻,句子也写得七颠八倒的。下课铃一响,卷子都一齐交上去,梁先生收齐了卷子,向许佩玲定定地看了一眼就走了。下一节是自修课,大家一齐拥到墙边去看那张纸,原来在同学签名下的空白处,歪歪斜斜地用很淡的铅笔写着:"土牙,哪个高兴来补习?"大家都好惊奇,许佩玲怎么会写这样的字句? 也都有点不相信,又都怪梁先生未免太凶了,许佩玲的试卷变成零分怎么办? 许佩玲幽幽地说:"梁先生总会给我一个补考的机会吧。"平时最喜欢大声嚷嚷的沈琪,这时却木鸡似的在位子上发愣,我本来就满心怀疑,忍不住走过去问:"沈琪,你怎么一声不响,我觉得许佩玲不会写的。"沈琪忽然站起来,奔到许佩玲身边,蹲下去,哽咽地说:"你为什么要代我承认,你明明知道是我写的。我太对不起你,太对不起大家了。"

"我想总要有一个人快快承认,才能让同学来得及写考卷。也是我不好,我看见了本想擦,一下子又忘了,不然就不会有这场风波了。沈琪,不要哭,没有关系的,我一、二次月考成绩都还好,平得过来的。"许佩玲拍着沈琪的肩,像个大姐姐,她是我们班上比较年长的同学,是热心的生活委员,也是真正虔诚的基督徒,我很佩服她。

我们对她代人受过的牺牲精神,都好感动,但对沈琪的忏悔痛哭,又感到很同情。班长说:"沈琪,你只要快快向梁先生承认就好了,免得许佩玲受冤枉。"正说着,梁先生已经走过来了,他脸上一点没有生气的样子,只是和气地说:"同学们,我再给你们一次机会,那几个字究竟是谁写的?因为不像是许佩玲的笔迹。"沈琪立刻站起来说:"是我,请梁先生重重罚我好了,和许佩玲全不相干。"

梁先生的金牙笑得全都露了出来,他说:"沈琪,我就知道是你捣蛋,你为什么写土牙两个字?你为什么不愿意补习,你的数理科并不好,我明明是免费的啊。"他又对我们说:"大家放心,你们的考试不会得零分。许佩玲的卷子我已经看过了,她是一百分。"

全班都拍起手来,连眼泪还挂在脸上的沈琪都笑了。我一直都不大喜欢沈琪,但由这次的事情看来,她也是非常诚实的,我对她的印象也好了。

梁先生走后,我们还在兴奋中,七嘴八舌地议论着,忽然隔壁初二年级的老师走来,在我们的安静纪录表上,咬牙切齿地打了个大叉,说我们吵得她没法上课。这个大叉使我们这一学期的努力前功尽弃,再也领不到安静奖的银盾,而且令我们无法保持三年来的冠军纪录。我们都好伤心,甚至怪那位初二老师,故意让我们失去这个机会。沈琪尤其难过,说都是因为她闯的祸,实在对不起全班。大家的激动使声浪无法压制下来,而且反正已经被打了叉,都有点自暴自弃的灰心了。此时,梁先生又来了,他是给我们送讲义来的,他时常自己给我们送来。看我们一个个失魂落魄的样子,还以为仍在为沈琪的事,他说:"你们安心自修吧!事情过去就算了,过而能改,善莫大焉。"我们却告诉他安静纪录表被打叉的事,他偏着头满不在乎地说:"这有什么不得了,旁人给你做纪录算得了什么?你们都这么大了,都会自己管理自己。奖牌、银盾都是形式,校长给的奖也是被动的,应当自己给自己奖才有意思。"

"可是我们五个学期都有奖,就差了毕业的一个学期,好可惜啊!"

"唔!可惜是有点可惜,知道可惜就好了,全体升了高中再从头来过。"

"校长说要全班每人考甲等才允许免试升高中,这太难了。"

"一定办得到,只要把数理再加强。"

我们果然每人总平均都在甲等,这不能不说是由于梁先生的热心教导。升上高一的开学典礼上,梁先生又穿起那件褪色淡青湖绉绸长衫,坐在礼堂的高台上。校长特别介绍他是大功臣,专教初三和高三的数理的。

在高一,我们没有梁先生的课,但时常可以在教师休息室里看到他踩着踢踏步满屋子转圈圈。十分钟休息的时候,我们常常请他跟我们一起打排球,他总是摇摇头说不行,没有力气。我们觉得他气色没有以前好,而且时常咳嗽得很厉害。有一天,校长忽然告诉我们,梁先生肺病复发,吐血了。在当时医学还不发达,肺病没有特效药,一听说吐血,我们马上想到死亡,心里又害怕又难过,恨不得马上去医院看他。可是我们不能全体去,只有我们一班和高、初三的班长,三个人买了花和水果代表全体同学去看他。她们回来时,告诉我们梁先生人好瘦,脸色好苍白。他还没有结婚,所以也没有师母在旁陪伴他,孤零零一个人和别的肺病病人躺在普通病房里。医生护士都不许她们多留,只和他说了几句话就告别出来了。她们说梁先生虽然说话有气无力,还是勉励大家好好用功,任何老师代课都是一样的,叫我们不要再去看他,因为肺病会传染,他的父亲就是肺病死的。我们听了都不禁哭了起来。沈琪哭得尤其伤心,因为她觉得自己最对不起梁先生。

不到两个月,就传来噩耗,梁先生竟然去世了。自从他病倒以后,虽然死的阴影一直笼罩着我们全班同学的心,但一听说他真的死了,没有一个同学愿意接受这个残酷的事实。我们一个个嚎啕痛哭,想起他第一天来上课的神情,他的那件飘飘荡荡又肥又短的褪色淡青湖绉绸衫,卷得太高的袖口,一年四季的蓝布长衫,那双前头翘起像龙船的黑布鞋,坐在四脚打蜡的桌子上差点摔倒的滑稽相,一张笑咧开的嘴露出的闪闪金牙。这一切,如今都只令我们伤心,我们再也笑不出来了。

在追思礼拜上,教导主任以低沉的音调报告他的生平事迹。说他母亲早丧,事父至孝,父亲去世后,为了节省金钱给父母亲做坟,一直没有娶亲,一直是孑然一身。他临终时还念念不忘双亲坟墓的事。他没有新衣服,临终时只要求把那件褪色淡青湖绉绸长衫给他穿上,因为那是他父亲的遗物。

听到这里,我们全堂同学都已哽咽不能成声。教导主任又沉痛地说:"在殡仪馆里,看他被穿上那件绸衫时,我才发现两只袖口已磨破,因没人为他补,所以他每次穿时都把袖口折上来,他并不是要学时髦。"

全体同学都在嘤嘤啜泣。殡仪馆里,虽然我们全班同学都曾去祭吊过,但也只能看见他微微带笑的照片,似在亲切地注视着我们。我们没有被允许走进灵堂后面,没有机会再看见他穿着那件褪色淡青湖绉绸长衫,我们也永不能再相见了。

穿旗袍的女人

◎王本道

从我懂事开始就一直认为,女人的经典形象总是离不开斜襟盘扣,滚边绣花的旗袍的。那时在一个大的家族中生活,父辈们终日忙碌着各自的事情,经常陪伴我的,是清一色的穿旗袍的女人:母亲、伯母、婶婶还有正在读大学的姑姑和堂姐。她们中的每一个人,都是当时我心中的"经典",每当她们带我上街去玩时,我总是被簇拥在中间,那由各色面料做成的旗袍,像姹紫嫣红的鲜花,在我的眼前飘来飘去的,煞是赏心悦目。特别是那绸缎面料温软的手感和柔润的光泽,让我至今还揣想着那个被疼爱、被怜惜、被娇纵的年代。

举家迁往营口之后,由于姐妹几个逐渐长大,陆续开始读小学直至高中了,家境也日渐拮据起来。但是每到夏天,母亲照例还是穿旗袍的,只是旗袍的面料,大多改成了棉布,且多数由她自己裁制。随着年事渐长,母亲裁制的旗袍样式,也由掐腰改为了松腰,她自己把这种旗袍称作是"大衫"。直到"文革"期间的一九七〇年,母亲随父亲下乡插队,才终止了她穿旗袍的生涯,那年她已经四十八岁。

母亲是满族中的正黄旗,至今还保留着诸多满族的生活习惯。她的这种旗袍情结或许是满族文化的一种传承吧——这是许多年之后,我才逐渐悟出的道理。

半个多世纪以来,除去"文革"的那十年时间,我一直把旗袍当作女人的一个标志,当作万花筒般的市井生活中的一个亮点。诸多文学艺术作品的渲染,更让我意识到,中华民族在近百年的历史长河之中,从硝烟弥漫的战争年代,到和平建设的历史时期,直至改革开放的大潮之中,旗袍始终承载着历史的沧桑和现代的文明,深受国内外人士的青睐和赞赏。在不同的岗位和层面中,穿旗袍的女人那婀娜的身影,氤氲着浓郁的民族风情,一直是东方文化最感性的写照和现代化小康社会一笔温柔的注释。

　　遗憾的是,在越来越多的人摆脱了生活的贫困,人民生活水平日渐提高的今天,作为中国女人经典形象的旗袍女士却成了凤毛麟角,少而又少起来。每当夏季到来,举目裙带飘香的通衢大道,女同胞们的服饰真是让人眼花缭乱:吊带裙、超短裙、露脐装、内衣外穿……就是罕见旗袍的身影。偶尔在一些宾馆酒店见到的一些迎宾或礼仪小姐们,虽身着大红大紫的旗袍,曳土踏泥地走来走去,但那款式、那举止、那神态总让人禁不住发出"身穿龙袍而不像天子"的感喟。

　　据我所知,众多的女士不穿旗袍并非是不喜欢这种服饰,而是对它抱"敬而远之"的态度。许多女士家中的衣柜里,都有一两件艳丽的旗袍,但只是在闲暇时穿起来,对着镜子做做姿态,或是在照相馆里拍几张玉照而已。令她们气短的是,旗袍这服饰的势力和无情——它只会弄巧而不会藏拙,若真的穿上旗袍上街,那靓丽的服饰和自己的形象形成的反差岂不弄巧不成反成拙吗? 其实,这是对旗袍的一种误解。童年时的那段亲近旗袍的经历让我感到,旗袍是最适合中国妇女的形体、贤淑的个性和民族气质的服饰了。旗袍的风韵是在内敛、含蓄、温柔中展现的：小巧的立领环绕着纤柔的颈项；凸凹有致的流畅线条紧贴着挺拔的身躯；开衩的下摆伴着轻盈的步履款款摇曳，处处显得精致、典雅、温柔、飘逸。旗袍看似密实，包裹着所应包裹的，但它又是最性感的，不经意地展示了所有能展示的。蜻蜓形的密密盘扣，像一把把小锁，藏起了身体上的几处禁区，似在庄重地告知异性：这里是不许探究的，但却又明明白白地显示着它独特的韵致。那织金绣银，镶滚盘花的华彩，流闪着只有在古典的绣像中才能体会到的清幽。由于旗袍的这些特有的美质，能使不同年龄段的，形象各异的女人穿起来都各得其所，相得益彰。特别是年过三十岁的成熟女人穿上旗袍，更会使她们越过年龄的羁绊而呈现出一种端庄、大方、沉静、典雅之和谐美。即便是五十岁的女人也会在旗袍的掩映之中，尽显其大度、宽容、宁静之美。当然，十七八的妙龄少女穿上旗袍也同样会气韵生动，只是看上去虽亭亭玉立，而质地却如一棵棵稚嫩的小草，固然清新可人，只是读不出什么内容来。

　　我周围的诸多女同胞也曾与我抱怨过："旗袍本来是做过几件的，但穿在身上横看竖看总觉得穿不出当年那些名媛佳丽的风韵，是不是时下旗袍的裁制技术落后了？"实际并不尽然，网上下载的资料告诉我，当代的旗袍裁制技术，比起五六十年代要进步了许多。旗袍属衣中贵族，面料和裁制技术固然是十分重要的，但旗袍的贵气，最重要的体现是穿衣人的内功。旗袍的种种特质会使穿旗袍的女人感到自信，使她们在公众场合更注意自己的举止。穿上旗袍的女人无论心情多么烦躁，只要走出家门，就会慢慢地安静、平稳下来，就会自然而然地收敛起平日的强悍和粗糙而想到自己是一个女人，应该

衣

有一个温柔、宁静的心态。由此看来,在清明芬芳的夏季,旗袍不但是城市的一道亮丽的风景,还是唤醒女性温婉贤惠美德的一剂良药呢!

旗袍追随着时代,承载着文明,历久而弥新,是无法替代的时尚文化。众多的现代女性将旗袍束之高阁或是对它敬而远之,还有一个重要原因是媒体和舆论的误导。时下,几乎所有的影视传媒中,旗袍都成了三十年代"太太"和"贵妇人"们的专利,即便某些当代城市题材的影视作品中偶有旗袍女人出现,多半也只是"帮闲"或是附庸,所有的"正角"几乎全部是职业装、休闲装,至多是牛仔和 T 恤。渐渐的,现代女性们以为旗袍距离她们的生活已经十分遥远,而女人的细腻、妩媚、优雅和甜美也随之而停留在了古老的梦中。

影视作品编导们的良苦用心也是显而易见的:旗袍固然是好,但如果让自己创作的角色穿上了旗袍,那麻烦可就多起来了,因为穿上旗袍的女人必须时时刻刻都规规矩矩,保持淑女的良好姿态,而且那制衣的料子,绸缎或是真丝,一不小心,就会搞得皱巴巴的,现代女性,特别是影视作品中的典型形象,谁愿为一件美丽的衣服而束手缚脚呢?她们内心的潜意识是:现代生活的快节奏,已经不容旗袍的那种斯文与优雅,女性的美,包括女性的爱的内涵也早该"与时俱进"了。其实,作为女人,她与美和爱是永远有着一种亲缘关系的。爱一件衣服和爱一个人一样,都是需要付出一定辛苦的,既然爱了,就要加倍地细心呵护。为自己所喜欢的一样东西或是一个人所累、所折磨的同时,何尝不是一种纠缠着的幸福呢?人生一世,只有不断地主动付出,活着才有所美丽,人生才更丰满完整,在种种付出的辛苦与烦恼的纠葛中,才会不断散发出生命的芬芳。现代女性中的典型形象难道不该这样吗？

再说，现代女性的美究竟体现在哪里？难道终日风风火火、忙忙碌碌就是美吗？我并不反对女性参加各项社会事业，女性才华出众，成就非凡我也欣赏。但作为一个女性（男性也一样），只要在这世界上有自己喜欢做的事情，并且把这件事情做好就值得让人欣赏了。如果她在做好自己所担负的工作的同时，又葆有典雅贤淑的气质，将会更令人垂青。所以，女性的美在于女性身上那些永恒的素质，与时代节奏的快慢和她们所处的岗位并不相干。一个女人才华再高，成就再大，倘若她不肯或不会做一个温柔的情人、体贴的妻子、慈爱的母亲，甚至连调理自己服饰的耐心都没有，那她的美也会大大缩水的。所以我建议，无论是影视传媒的编导，还是诸位女同胞，都应该先端正一下自己对女性美的内涵的认识，再腾出些时间，修炼一下自己的美质，这样，才会把自己创作的角色和本人塑造得更美。

旗袍是一首诗，是一种文化，代表着典雅庄重的东方阴柔之美。在秋风初起的日子里，愿美丽的女同胞们大胆地穿上自己钟爱的旗袍吧！这不但会使十里长街流淌出风情万种的神韵，更会让女性的美，由表及里地升华到一个更高的境界。

本命年联想红腰带

◎梁晓声

　　牛年是我的本命年。

　　屈指一算,我已与牛年重逢四次了。于是联想到了孔乙己数茴香豆的情形,就有一个惆怅迷惘的声音在耳边喃喃道:"多乎哉? 不多也。"自然是孔乙己的传世名言,却也像一位老朋友作难之状大窘的暗示——其实是打算多分你几颗的。可是你瞧,不多也。真的不多也!

　　于是自己也不免大窘。窘而且凄惶。前边曾有过的已经消化掉在碌碌的日子里了。希望后边儿再得到起码"四颗",而又明知着实太贪心了。只那意味着十二年的"一颗",老朋友孔乙己似乎都不太舍得超前"预支"给我。

　　人在第四次本命年中,皆有怅然若失之感。

　　元旦前的某一天,妻下班回来,颇神秘地对我说:"猜猜我给你带回了什么?"

　　猜了几猜,没猜到。妻从挎包掏出一条红腰带塞在我手心。

　　我问:"买的?"

　　妻说:"我单位一位女同事不是向你要过一本签名的书么? 人家特意为你做的。她大你两岁。送你红腰带,是祈祝你牛年万事遂心如意,一切烦恼忧愁统统'姐'开的意思……"

听了妻的话,瞧着手里做得针脚儿很细的红腰带,不禁忆起二十四岁那一年,另一位女性送给我的另一条红腰带……

小时候,家里孩子多,又穷,母亲终日为生计操劳,没心思想到哪一年是自己哪一个儿女的本命年,我头脑中也就根本没有什么本命年的意识。更没系过什么红腰带。

二十四岁的我当然已经下乡了。是黑龙江生产建设兵团一师一团七连的小学教师。七连原属二团,在我记忆中,那一年是合并到一团的第二年。原先的二团团部变成了营部。小学校放寒假了,全营的小学教师集中在营部举办教学提高班。

几天后的一个傍晚,我去水房打水,有位女教师也跟在我身后进入了水房。

她在一旁望着我接水,忽然低声问:"梁老师,你今年二十四岁对不对?"

我说:"对。"

她紧接着又问:"那么你属牛?"

我说:"不错。"

她说:"那么我送你一条红腰带吧!"——说着,已将一个手绢儿包塞入我兜里。

我和她以前不认识。只知她是一名上海知青。一时有点儿疑惑,水瓶满了也未关龙头,怔怔地望着她。

她一笑,替我关了龙头,虔诚地解释:"去年是我的本命年。这条红腰带是去年别人送给我的。送我的人嘱咐我,来年要送给比我年龄小的人。使接受它的人能'姐'开一切烦恼忧愁。这都一月份了。提高班就你一个人比我年龄小,所以我只能送你。再不从我手中送出,我就太辜负去年把它送给我那个人的一片真心了啊!"

见我仍怔愣着,她又嘱咐我:"希望你来年把它转送给一个女的。让'姐'开这一种善良的祈祝,也能带给别人好运。这事儿可千万别传呀!传开了,一旦有人汇报,领导当成回事儿,非进行批判不可……"

又有人打水。我只得信赖地朝她点点头,心怀着一种温馨离开了水房。

那条红腰带不一般。一手掌宽。四余尺长。两面儿补了许多块补丁。当然都是红补丁。有的补丁新,有的补丁旧。有的大点儿。有的小点儿。最小的一块补丁,才衣扣儿似的。但不论新旧大小,都补得那么认真仔细;那么结实。我偷偷数了一次,竟有二十几块之多。与所有的补丁相比,它显露不多的本色是太旧了。那已经不能被算作红色了。客观地说,接近茄色了。并且,有些油亮了。分明在我之前,不知多少人系过它。但我心里却一点儿也未嫌弃它。从那一天起,我便将它当皮带用着了……

它上边的二十几块补丁,引起了我越来越大的好奇心。我一直想向那名上海女知青问个明白,可是她却不再主动和我接触了。在提高班的后几天我见不着她了。别人告诉我她请假回上海探家了。

一个月后,我收到了她从上海川沙县寄给我的一封信。信中说她不再回兵团了,已经转到川沙县农村插队了,也不再当小学老师了。

"我想,"她在信中写道,"你一定对那条红腰带产生了许多困惑。去年别人将它送给我时,我心中产生的困惑绝不比你少。于是我就问送给我的人。可是她什么也不知道。说不清。于是我又问送给她的人。那人也不知道。也说不清。我一个人接一个人地追问下去,终于有一个人告诉了我一些关于它的情况。现在,我把我所知道的告诉你——一九四八年,在东北解放战场上,有一名部队的女卫生员,将它送给了一名伤员。那一年是他的本命年。后来女卫生员牺牲了。他在第二年将它送给了他的新婚妻子。一九四九年是她的本命年。以后她又将它送给了她的弟弟。他隔年将它送给了他大学里的年轻的女教师。到了一九五九年,它便在一位中年母亲手里了。她的女儿赴新疆支边。那一年是女儿的本命年。女儿临行前,当母亲的亲自将它系在女儿腰间了。一九六八年,它不知怎么一来,就从新疆到了北大荒。据说是一位姐姐从新疆寄给亲弟弟的。也有人说不是姐姐寄给亲弟弟的,而是一位姑娘寄给自己第一个恋人的……关于它,我就追问到了这么多。我给你写此信,主要是怕你忘了我把它送给你时嘱咐你的话——来年你一定要转送给一位女性。还要告诉她,她结束了她的本命年后,一定要送给比她年龄小的男性。只有这样,才能使'姐'开人烦恼忧愁的祈祝一直延续下去……"

她的信,使二十四岁的我,非常之珍视系在我腰间的红腰带了。

我回信向她保证,我一定遵照她的嘱咐做。我甚至开始暗中调查,在我们连的女知青中,来年是谁的本命年……

但是不久我调到了团里。

第二年元旦后,我将它送给了团组织股的一名女干事。她是天津知青。

当天晚上她约我谈心。

她非常严肃地问我:"你送我一条红腰带是什么意思呢?你应该明白,你是初中知青,我是高中知青。咱俩谈恋爱年龄不合适。而且，我已经有男朋友了！"

我说："你误解了。这事儿没那么复杂。今年是你本命年，所以我才送给你。按年龄我该叫你姐。我送给你，是'弟'给你好运的意思啊！"

她说："那这也是一种迷信哪！"

我说："就算是迷信吧。可迷信和迷信有所不同。不能一概而论的。"

"迷信和迷信会有什么不同？"

她又严肃地板起了脸。

待她看完，我说："现在你如果还不愿接受，就还给我吧！"

她默默地还给了我——还的当然不是红腰带，而是那封信。

我见她眼里汪着泪了……

在我二十四岁那一年，心中的烦恼和忧愁，并不比二十二岁二十三岁时少。可以说还多起来了。我却总是这么安慰自己——也许我本该遭遇的烦恼和忧愁更多更多。幸运的红腰带肯定替我"姐"开了不少啊！……

二十五岁那一年我离开兵团上大学去了。

我曾在自己的一个本命年里，系过一条独一无二的红腰带。

在我人生的这第四个本命年，妻的一位女同事，一位我没见过面的"姐"送给我的红腰带，使我忆起了几乎被彻底忘却的一桩往事。

不知当年那一条补着二十几块补丁的红腰带，是否由一位姐，又送给了某一个男人？是否又多了二十几块补丁？也许，它早就破旧得没法儿再补了，被扔掉了吧？

但我却宁肯相信,它仍系在某一个男人腰间。

想想吧,一条红布,一条补了许多补丁的红布,一条已很难再看到最初的红颜色的红布,由一些又一些在年龄上是"姐"的女人,虔诚地送给一些又一些男人,祈祝他们在自己的本命年里"姐"开一些烦恼忧愁,这份儿愿望是多么美好啊!它某几年在亲人和亲爱者间转送着,某几年又超出了亲情和友情的范围,被转送到了一些素无交往的男人手里,如当年那位也当过小学教师的上海女知青在水房将它送给我一样。而再过几年,它可能又在亲人和亲爱者间转送着了。它的轮回,毫无功利色彩。仅只为了将"姐"开这一好意,一年年地延续下去。除了这一目的,再无任何别的目的了……

让"姐"开烦恼忧愁和"弟"给好运的善良祈祝,在更多男人和女人的本命年里带来温馨吧!

衣

男装

◎周作人

　　前见京津日文报载有锦州女子任阁臣,男装应募入奉军,人莫能辨,后以月经中行军,事乃显露,闻于长官,优遣回里云。我看了当时只起了一点 grotesque 之感,此外别无什么意思,因为我对于这些浪漫的事情,是没有多大趣味的。

　　但是在多数的同胞觉得这是一种美谈,韵事,值得低回咏叹,于是报纸上的文艺栏固然热闹起来了。今只举锦县白云居士的《题乡人从军女子任阁臣》诗四绝为例,其词曰:

风雨亭中女丈夫,千秋侠骨葬青芜,

裙边懒画孤山景,大半春愁付鉴湖。

不见当年鲁国娃,周夫人事尽堪夸,

者番巾帼英雄传,侬把头名记姓花。

荒凉三百年来事,能执干戈又见卿,

板荡中原胡骑入,夫人好为筑坚城。

仰天空唱木兰歌,古剑年年老不磨,

数遍须眉无弟子,兵书直合教宫娥。

　　老实说,这些话我都不大能够赞成。并不一定是因为自己当过兵的缘故,我对于兵毫不反对,而且还很赞成人去当兵,不过姑娘们我总想劝她们还是算了罢。早梳头勤裹脚,看家生儿子的人生观,我也知道是有点过时了,"这个年头儿",

我觉得她们也该有一点儿"军事知识",能够为护身保家计而知道怎样使用钢枪。至于爱国呢,当然我们不能剥夺女子这个权利,(还是义务?)她们也自有适当的办法,虽然那是孤独的路。成群结队地攻上前去,那还是让男子们去做,反正他们很多,有肯为一个主义而战的,也有肯为几元钱而战的。木兰这位女士是有点靠不住的,恐怕是乌有先生的令爱罢,别的几位历史上的太太也只是说得好听,可以供诗料罢了,于国家没有多大的用处。只有某处的女子苏菲雅真值得佩服,她是一八八一年四月十六日死的,已经是四十六年了。

白云居士引风雨亭的鉴湖女侠,又说什么胡骑,似都有点不很妥。又女扮男装,违反男女有别之教条,比区区剪发者情节更为重大,理应从严惩办,方足以正人心而维风化,乃维持礼教的官宪反从而优遇之,则又何耶?

1926年12月

第二件红毛衣

◎陈丹燕

　　换季时，你到百货公司去买衣服，在众多的新款衣饰和导购小姐殷切的展示中，你取了一些衣服，一件一件地，将挂在衣架上的新衣放在胸前比划，只看颜色与自己是否合适。年轻时，你更喜欢到试衣室去试衣，换下自己的衣服，将新衣服试了觉得好，再买。而慢慢的，就觉得这样做，一下午，几家公司兜下来，累得受不了。而且，自己也渐渐知道怎样的款式合适，不用求新，只用求合适。于是，就改作将衣服放在胸前比划了。

　　那一次你看中了好几件，于是一个小姐抱着衣服陪你照镜子。小姐们总是这样的，她一路看你比划，一路将这些衣服于你的好处说出来，将你的心说得暖暖的，简直觉得自己就是个衣服架子，到这年龄了，居然还能这样，像个奇迹。你笑嘻嘻地听，一面在心里自己拿定主张。这些年家庭主妇当下来，你很懂得只为自己真正喜欢的东西付钱，不再像年轻时候那样，买一大堆衣服，在百货公司里看着好看，可一回家就后悔，然后连标牌都没摘，就把它们卷一卷，放到壁橱深处不想再见到它。

　　你仔细衡量镜子里的自己，看自己的脸在不同款式和不同颜色里呈现出来的样子。最后，你选好了毛衣、衬衣和裙子。小姐在白色的台子上一一帮你包起来，她突然扬起脸来，说："你真喜欢红色啊。"

这时，你也发现摊了一台子的，竟然全是红色的衣服。

已经有许多年，你不怎么穿红色的衣服了，从本质上说，你就不是一个喜欢穿鲜艳颜色衣服的人。你更喜欢穿棕色的、黑色的、白色的和米色的，有一段时间，你喜欢穿绿色的，可那也是灰绿色的。还是在很年轻的时候，你穿过红毛衣。你妈妈领你到百货商店里去买毛衣，那时，大多数孩子的毛衣是家织的，买一件机器织的毛衣，是女孩子生活中不大不小的事。妈妈为你选了件大红的毛衣，她说："你不穿红色的，谁还能穿。"

因为年轻的脸被红色映得像花一样。

妈妈那时穿了件棕色毛衣，她说自己这样的年龄，再穿红色，别人要笑话了。可后来，看你老喜欢穿一身黑，她又说，年轻才敢穿黑色，素面朝天，就满世界地走。

怎么现在你不知不觉就买下这么多红色的衣服给自己？

因为怕自己真的老了。

过四十岁生日时，你曾经怕过，可那时并不觉得自己老了，要是不提年龄，你觉得就与三十岁一样。你把"老了老了"挂在嘴上，心里对此将信将疑。有时照镜子，找不到和十年以前太大的不同，没有了青春时代的青涩，人人都说你比以前更温润好看，你心里小小地得意着。而现在，从四十岁朝五十岁走，好像你习惯了"老了老了"，不再说了，其实这时候，你心里才真是怕了。

你常常深夜醒来，发现自己出了许多汗，并不热的夜里，衣服竟都湿了。白天时，也常常觉得一下子热上来，整张脸烘烘地烫,心跳得发慌。这是你的身体在告诉你要老了。许多年前,心绪震荡,因为是青春期,现在却是更年期。一样的身体不适,心情不宁。而那时候,你是摇摇晃晃地向成年走去,怀着激动不宁的心情,走向你所向往的生活。可这一次,是不得不离开你感觉年轻而丰盈的日子,不得不走向老年。

人人都怕老。你从没认真想过,因为总觉得还早,可是,它就这样飞驰而来。

你发现自己周围的人也都不年轻了。

有时你遇见一个朋友,你们一年总能见上一两次,不多也不少。这次,在街上,你们面对面遇上了,好像都不敢认。你看见的是一个老太太,她太阳穴陷了下去,脸突然变长了,而眼睛却眯着,不再大大地、光芒四射地大睁着。她的脸好像有点肿,可又像是胖。你不敢认她,那个大学时代的美人,那个在绿树中苗条地轻盈地走过的人,那个令她的孩子、她的丈夫都骄傲的美妇人,她尖而小巧的下巴通常总是微微向上翘着。

你心里震惊,可不敢表现出来,你看着她,说些别的话。然后你们说再见。

你心里想,她怎么能老得这么快!从前听说,女人老起来会像花一样,本来好好地开着,忽然一夜就满是锈斑。现在算真见识到了。

然后你回味起她望你的眼神,好像也有什么要说,可温和地没有说。你心里咯噔一跳,会不会她和自己一样,在心里惊叫,可不忍心说出来。

岁月对每个人都是一样的。一个人,常常只看着别人被偷袭般地变老,看到孩子突然就长成一个青年,看到树高了,花谢了,阳光晒得白色的百叶窗变成了黄色,看到你婚礼上的小花童竟然结婚了,看到从前你私下爱慕过的父亲的朋友,在病床上缩成了小小的一堆骨头,你总在心里惊叫,可就是没想到,也许别人心里,也和你一样惊叫。世上万物都在变化,你并不能例外。

一个人变老,要靠生活中看上去偶尔发现的事再三提醒,最后才能认识到,然后,才慢慢承认下来。虽然你每天都在镜子里看到自己,可总是最后一个发现自己老了的。

也许是因为你不想正视这些变化,也许是因为习惯。

你会被深夜的汗湿提醒,也会被周围朋友那改变了的脸提醒。

小时候,你在黄昏时发呆,常常能看着房间里的一切是怎样一点点地融入黑暗的,你能觉得地球是怎么一点点转动的。现在,你觉得自己能感到是怎样接近了白发、皱纹、疾病、平静、缓慢,就像房间一点点地黑了下来。

真正的变化到来时,人往往不那么敏感,而不敏感,是因为在心里拒绝这变化。

你开始在心里想着这件不可思议的事,你开始老了。

青春期的那些事,好像才过去不久,妈妈带你到百货公司去买红毛衣的事,你还清清楚楚地记得。妈妈的下巴有一点点胖出来,她低下头去付钱时,就会出现一个双下巴。你还清楚地记得,那时还纳闷,原来妈妈是很瘦的,怎么会有双下巴呢?妈妈那时的年龄就是你现在的年龄,现在你知道了,她开始发胖,是因为她的月事不正常,开始变少,就是绝经。几十年前的疑问,现在算是找到了答案。因为你自己现在也与妈妈当年一样。

你买了红色的毛衣,红色的衬衣,红色的裙子。在镜子前你发现自己的脸与红色配在一起的时候,才是熟悉的雀跃,没有黑衣服给你的委顿,米色衣服给你的苍白,在红色的衣服里,你又回到了从前的神气。

红色的衣服抢救了你的年轻。

所以手里留得下来的,全是红色。

这是你的第二件红毛衣,第一件红毛衣点亮了你的青春,这第二件红毛衣,则是你对青春的挽留。

衣魂

◎周芬伶

　　有一个衣柜,寄放在记忆阴芜角落,当我离去,它或许正在伤心哭泣。

　　衣柜是家庭权力的角力场。听说一个男人离婚的理由是每天打开衣柜时的梦魇,他太太的衣服张牙舞爪占领几乎全部的空间,而他仅有的三两件衣服紧贴柜角,被挤压成饼状块状,这大大伤害了他的男性自尊,与其每天都要面对衣柜沦陷的恐慌,他选择的是拥有自己的衣柜。

　　他为什么不反攻?跟着太太添购衣服抢占地盘?只因他是个名士派,不屑借衣服装点门面,结果赢得了风范,却失去了衣柜,可见要在风范和衣柜之间取得平衡是件多么困难的事。

　　如果真要选择,女人恐怕会先抢占衣柜再说,抢赢的总是女人,许多男人面对女人在衣柜中开疆拓土的威力早就弃甲而逃。男人不屑与女人争夺衣柜空间,可并不表示他不在乎,他的权力欲望扩展在别的地方,他总是会反攻的。

　　刚结婚时,在那个群居的房子,我并没有自己的衣柜,单薄的几件衣服寄居在丈夫与四叔合用的衣柜,四叔的衣服占去一半空间,丈夫的皮衣、西装、夹克也颇有体积,我那红艳的嫁衣,虽然抢尽颜色,薄纱的材质容易被欺压,原来光华摄人的小礼服被挤压得风仪尽失,形成虚幻的存在。我只能打游击战,生存的方式是无孔不入,皮包、丝袜、手套有缝即钻;有一阵子嗜买睡衣,只因它的材质薄体积小,抽屉的边角,吊衣橱的下档,或摊平或折叠,我选择这种悲凉的存在方式,因为意识到在这里生存不易。

母亲生长自旧式大家庭,深谙权力之道,她连夜亲自坐镇,从南部到北部押送一卡车家具和家庭用品,上自床组梳妆台,下至针线剪刀,无不齐备,可惜房间太小摆不下衣柜,她为我抢占的基地,总算稍稍扳回一城。可不久我那些小东西纷纷从柜子上败下阵来,有人嫌它碍眼,收的收,藏的藏,为此暗吞不少眼泪。

不久,我的房间也沦陷了,小叔进驻,丈夫与我退居三坪大的小房间,重整格局,勉强塞进一个小衣柜,衣服总算找到归宿。其时孩子已出世,衣量暴增,衣柜里尽是婴儿衣服用品,丈夫与我的衣服只能是配角。可孩子的衣物甜美可爱,任谁都会甘心相让。仅余的空间就让我偏爱的长洋装翩翩飞入,里面还有一些私密的收藏;母亲送我的蓝色小化妆箱,里面装着象征圆满的龙银和一些母亲佩戴过的首饰,戒指上的珍珠已微微发黄,五十年代的镶工却颇有味道;我最爱那一双母亲结婚时戴的手套,象牙白的色泽如新,上面爬着同色系的锦绣和珠花。母亲爱美我也爱美,母亲的掌形饱满圆短,我亦如是。戴上手套时指尖是空的,玩弄那一截空令人晕晕然傻笑。有些事真的神秘不可说,爱的血流不可说,物的余情亦不可说。

当感情美好时,拥挤也是幸福,孩子、丈夫与我挤在狭窄的空间,自有挨紧的甜蜜与热闹,更何况丈夫信誓旦旦将给我们一个宁静无争的家园。我紧抱着这誓言，任孩子的玩具衣物淹到床上来，衣柜一打开总有什物掉下来，我们犹能翻滚嬉笑，写作时依偎着衣柜，挪出一尺见方的空间，在稿纸上创造另一个想象的次元。

为了善用空间，我的衣服尽选那价高质优的中上品，每年还得咬牙切齿淘汰几件过时的旧衣。幸存的几件都是精选，可也华美得像装饰品；譬如一件白色小外套，钉着金色扣子，配上白底紫花的长纱裙，只穿过一次。那一次听说是舞会，到场时发现大家都穿得很随意简素，一时对自己过度装扮恼怒极了，后来只有让它在衣柜中上吊自杀；还有一件樱桃色的麻纱长洋装，布料掺着一点丝质，细看暗闪着珍珠光泽，款式很简单，精彩处在后头，活动的系带成 X 形交叉，从背脊一路爬到腰间，只要抽紧带子，曲线展露无遗。我总以为那件衣服不是我的，是属于另一个浪漫妖娆的女人，一如电影中的红衣女郎，只可远观，不可了解，真想看到某个人穿上这件衣服，暗中跟踪她欣赏她；另有一件黑色绣花 V 字领长洋装，是居住在美国那一年买的，胸口开得很低，美国的女装大半如此，长度很惊人，踩上三寸高跟鞋还拖地，如此不实穿却流连再三。服装店就在埃蜜莉·狄金逊生前住过的房子附近，后来看她的画像，才明白为什么执迷于这件衣服，看她穿的衣服十分相似，是新英格兰的黑，维多利亚时代的风格，从上世纪延伸到本世纪，倘若衣服也有魂魄，辗转流离，怕也脆弱得不堪轻触。我供奉那袭衣魂许久，并添购一双黑色缎面镶水钻高跟鞋，水钻沿着 X 形细带交错，围着足踝闪着泪光，美得令人心碎。有一次盛会，穿上那袭黑衫搭配缎鞋，整个人似乎也变成一缕幽魂，许多人的眼光落在我脚上，水钻确有夺人心魂的力量，我的心快要跳出胸腔,衣缕变得千斤万斤重,衣服真有魂魄么?它不能忍受轻佻的注视,我在宴会中途就逃走了,锦衣夜行,多么可悲的命运!

我怕别人太注意我,可也忍受不了别人的漠视,真矛盾!这样就很难抓到适切的装扮分寸,我的服装语言就是如此不切主题,失心丧魂。然而,一缕缕衣衫垂挂在衣柜时是如此安适,仿佛已经找到灵魂的依归。谁知道,当我的衣服住下时,我的心灵已然远走。

心灵是漂泊者叛逆者,婚姻令女人的心灵更加叛逆,美丽的衣裳只是暂时的伪装,衣柜也只是最后的栖息地,不久它将以薄纱之翼起飞,随着衣魂飘荡,飞至广漠无人之处。

现在我独自拥有一个大衣柜,体积总有以前的两倍大,只装我一个人的衣服。穿衣不照镜,开橱不浏览,生活变得干净无心,我不怀念以前的华服,只是有时翻到孩子刚出生时穿的小袜子,会跌坐下来呆看许久许久,我真的曾经拥有一个美丽的小婴儿?他痴恋着母亲的怀抱,我痴恋着他的一切,他真是我的?我生的?我养的?还有那些钉满珠子亮片的印度灯笼裤、阿拉伯织花毛披肩、重约一斤的密钉珠花围巾……那真是我的?我买的?我穿的?

我遗失了一个衣柜,那里有我不忍回首的华美收藏,绮罗往事;还有一袭袭装载过虚荣身躯的锦绣云裳;屈辱的压迫和空洞的誓言。我无意加入家庭权力的角力,女人需要的不是一个床位和些许的衣柜空间,她需要的更多。

有时我想到那双似乎闪着泪光的镶钻缎鞋,当我离它而去,它还在继续行走,以我不知道的步伐,走向我不知道的未来。

浮想缭绕虎头鞋

◎曾元沧

我母亲年轻的时候,她的女红手艺在村子里是有点名气的。她的特长是绣花,绣什么像什么。全凭平常观察悉记于心,需要时用五颜六色的绣花线表现出来。她是童养媳,从村姑直升村妇,没有学过美术,但却知道夸张变形,也懂得色彩搭配。天性。要好的小姐妹出国下南洋,她总以自己精心制作的绣品相赠。

我穿的第一双鞋,是母亲做的虎头鞋。穿上虎头鞋,男孩子更显得虎头虎脑。我想孩提时代的我,应该也是挺可爱的。尽管我被上帝分配到乡村山野,但总比古人类的孩子胜过一筹吧。

我还记得那双虎头鞋的模样:灰色的鞋面布,金黄色的绣线,两只眼睛圆圆的,几根胡子翘翘的,耳朵竖起,"王"字突出。虎头神气活现。

邻居的孩子见到我脚上穿的虎头鞋都很羡慕,缠住自己的妈妈也想要一双,于是她们请我母亲帮忙。我母亲总是有求必应。昏暗的煤油灯下,几回扎破了手;短暂的田头休息,也忙着飞针走线……这么一来,左邻右舍的孩子都穿上了虎头鞋,俨然一支"小虎队"。

那时我们当地农村,让孩子穿鞋子是一种特殊待遇,是母爱的物化体现。孩子细皮嫩肉的脚容易磨破划伤,总得护着点。逐渐长大,到了六七岁,绝大多数孩子就开始赤脚不再穿鞋,一年四季,一赤到底。要是你一直生活在农村里,你的脚就每天与土地接吻,直至它永远停止走动。我这里说的鞋,不包括木屐。村民们临睡之前很负责地把脚洗干净,然后趿上木屐,这是每天作息程序中的一个朴素的细节。

村民们下地上山,走亲访友,赤脚来赤脚去;学生们课内课外,打球远足,光溜溜一双脚。不论男女都赤脚,没有人号召,也没有人想到按摩脚底穴位。脚底自然是厚厚的一层茧。这样的"铁脚板",最宜去"打击帝修反"。人类凭借双脚,或蹒跚或疾趋,或挣扎或从容,无比艰难地从远古走来。越进步,便越注意蔽体和护体,时髦的话叫"包装"。而我的故乡何以如斯?体面的理由是这里"一年到头气候暖和",其实是"穷"字在起作用。当时生产力低下,贫穷拮据,只好亏待了自己的一双脚。久而久之,赤脚便成了当地人的习惯。解放后,人们的生活逐步得到改善,然而还是保持了赤脚走天下的"特色"。

一九六二年夏季,我赤脚离开家乡到上海读大学。想不到赤脚在大城市里行不通,有轨电车的售票员发现我光着双脚,不让我乘车。怎么办?我好说歹说,又出示了大学录取通知书,才勉强对我破例照顾一回。有了教训,翌日一早,我跑到五角场商店里,花了一块六毛钱,买来一双浅口布鞋,穿上它再乘车到火车站领取托运的行李。行李箱里,有一个土布包,里面包着我小时候穿过的那双虎头鞋。又小又旧,虎头上的绣花线有几处早已蹭坏了,鞋底也已经磨损,但洗得干干净净。这是我离开娘胎至读大学之前,唯一穿过的一双鞋子。母亲说,虎头鞋能保平安,带上它不会忘记家乡。现在我想,保存小时候穿过的虎头鞋,就像城里人用胎发制笔,还有点纪念意义,更是一份沉甸甸的母爱啊!遗憾的是,"文革"中我把它视为"四旧"之物,悄悄地将它处理掉了。那么"忠于",那么"革命",简直太好笑了……

我不曾研究过人类的穿着史,想必散发着现代文明气息的露脐装、A字裙、沙滩裤和各种款式的鞋袜,只不过是古人创意的延续和发展。万变不离其宗。现在的这种鞋那种鞋、中国鞋外国鞋,其首要功能仍然是垫护双脚,其次才是美化和体现不同性别、不同年龄层次或不同身份。"包装"的进步和时代的进步是分不开的。

如今,家乡变了模样。那种"大姑娘穿花衣,一双光脚十个趾"的景观再也看不到了。家乡已成为名闻遐迩的鞋城,每年生产出口的鞋子难计其数。青年人特别讲究"包装",穿的都是耐克、雷宝、三路等名鞋。赤脚医生当然早就西装革履了。小孩穿的是各式各样的商品鞋。年轻的妈妈们没有时间也没有那种手艺再去自己制作虎头鞋了。

我虽然远离了家乡,走出了当年那种特有的生存方式,但永远走不出虎头鞋上所寄寓的深深的母爱。

皮鞋的记忆

◎陈忠实

　　第一次到上海,是一九八四年,大概是五月。上海文艺出版社举办《小说界》第一届文学奖颁奖活动,我的第一部中篇小说《康家小院》荣幸获奖,便得到走进这座大都市的机缘,心里踊跃着兴奋着。整整二十年过去,尽管后来又几次到上海,想来竟然还是第一次留下的琐细的记忆最为经久,最耐咀嚼,面对后来上海魔术般的变化,常常有一种感动,更多一缕感慨。

　　第一次到上海,我生活的第一次被突破了。

　　我的第一双皮鞋就是这次在上海的城隍庙里购买的。说到皮鞋,我有过两次经历,都不大美好,曾经暗生过今生再不穿皮鞋的想法。大约是西安解放前夕,城里纷传解放军要攻城,自然免不了有关战争的恐慌。我的一位表姐领着两个孩子躲到乡下我家,姐夫安排好她们母子就匆匆赶回城里去了。据说姐夫有一个皮货铺子,自然放心不下。表姐给我们兄妹三人各带来一双皮鞋,父亲和母亲让我试穿一下。我在屋子里走了几步就脱下来,夹脚夹得生疼,皮子又很硬,磨蹭脚后跟,走路都迈不开脚了。大约就试穿了这一次,便永远收藏在母亲那个装衣服的大板柜的底层。直到上世纪七十年代初,我已经在家乡的公社(乡)里工作,仍然穿着农民夫人手工做的布鞋。我家乡的这个公社(乡)辖区,一半是灞河南岸的川道,另一半即是地理上的白鹿原的北坡。干部下乡或责任分管,年龄大的干部多被分到川道里的村子,我当时属年轻干部,十有八九都奔跑在原坡上某个坪某个沟某个湾的村子里,费劲吃苦倒不在乎,关键是骑不成自行车,全凭腿脚功夫,自然就费脚上的布鞋了。一双扎得密密实实的布鞋底子,不过一个月就磨透了,后来就咬牙花四毛钱钉一只用废弃轮胎做的后掌,鞋面破了妻子可以再补。在这种穿鞋比穿衣还麻烦的情境下,妻弟把工厂发的一双劳保皮鞋送给我了。那是一双翻毛皮鞋。我冬夏春秋四季都穿在脚上,上坡下川,翻沟蹚滩,都穿着它。到我的家庭经济可以不再斤斤计较一双布鞋的原料价值的时候,我却下决心再不穿皮鞋尤其是翻毛皮鞋了。体验刻骨铭心,双脚的脚掌和十个脚趾,多次被磨出血泡,血泡干了变成厚茧,最糟糕的是还有鸡眼。这回到上海买皮鞋,原是动身之前就与妻子议定了的重大家事。首先当然是家庭经济改善了,有额外的稿酬收入,也有额内工资的提升;再是亲戚朋友的善言好心,说我总算熬出来,是有点名气的作家了,走南闯北去开会,再穿着家做的灯芯绒布鞋就有失面子了。我因为对两次穿皮鞋的切肤记忆太痛苦,倒想着面子确实也得顾及,不过还是不用皮鞋而选择其他式样的鞋,起码穿着舒服,不能光顾了面子而让双脚暗地里受折磨。这样,我就多年也未动过买皮鞋的念头。"买双皮鞋。"临行前妻子说,"好皮鞋不磨脚。上海货好。"于是就决定买皮鞋了。"上海货好。"上海什么货都好,包括皮鞋。这是北方人的总体印象,连我的农民妻子都形成并且固持着这个印象。那天是一位青年作家领我逛城隍庙的。在他的热情而又内行的指导下,我买了一双当时比较贵的皮鞋,宽大而显得气派,圆形的鞋头,明光锃亮的皮子细腻柔软,断定不会让脚趾受罪,就买下来了。买下这双皮鞋的那一刻,心里就有一种感觉,我进入穿皮鞋的阶层了,类似进了城的陈奂生的感受。

回到西安东郊的乡村,妻子也很满意,感叹着以后出门再不会为穿什么鞋子发愁犯难了。这双皮鞋,只有我到西安或别的城市开会办事才穿,回到乡下就换上平时习惯穿的布鞋。这样,这双皮鞋似乎是为了给城里的体面人看而穿的,自然也为了我的面子。另外,乡村里黄土飞扬,穿这皮鞋需得天天擦油打磨,太费事了;在整个乡村还都顾不上讲究穿戴的农民中间,穿一双油光闪亮的皮鞋东去西逛,未免太扎眼……这双皮鞋就穿得很省,有七八年寿命,直到九十年代初才换了一双新式样。此时,我居住的乡村的男女青年的脚上,各色皮鞋开始普及。

十余年后,我接连两三次到上海。朋友们领我先登东方明珠,再逛浦东新区,令我眼花缭乱,目不暇接,新的景观和创造新景观的奇迹般的故事,从眼睛和耳朵里都溢出来了。我在宝钢的轧钢车间走了一个全过程,入口处看见的橙红色的钢板大约有两块砖头那么厚,到出口处钢材已经自动卷成等量的整捆,薄厚类似厚一点的白纸,最常见的用途是做易拉罐。车间里几乎看不见一个工人,我也初识了什么叫全自动化操作。技术性的术语我统统忘记了,只记住了讲解员所讲的一个事实,这个钢厂首创了中国钢铁业不能生产精钢的记录,改变了精钢完全依赖进口的局面。尽管是外行,这样的事实我不仅能听懂,而且很敏感,似乎属于本能性地特别留意,在于百年以来留下的心理亏空太多了。从小学生时代直到进入老龄的现在，我都在完成着这种从祖先遗传下来的先天性心理亏空的填垫和补偿过程。我想，什么时候让欧美人发出一条他们也能"国产"中国某种绝门技术产品的消息时，我不断完成着填垫补偿的心理亏空的过程，才能得到一个根本性的转折。

　　告别布鞋换穿皮鞋的过程发生在上海。这个让我的孩子听起来可笑到怀疑虚实的小事，却是我这一代人体验"换了人间"这个词儿难以轻易抹去的感受。一双皮鞋留给我镂刻般的记忆，记忆里的可笑和庆幸，肯定不只属于我一个人。

一袭旧衣

◎简媜

　　说不定是个初春,空气中回旋着丰富的气息,但是有一种看不到的谨慎。站在窗口前,冷冽的气流扑面而过,直直贯穿堂廊,自前厅窗户出去;往左移一步,温度似乎变暖,早粥的虚烟与鱼干的盐巴味混杂成熏人的气流。其实早膳已经用过了,饭桌、板凳也擦拭干净,但是那口装粥的大铝锅仍在呼吸,吐露不为人知的烦恼。然后,蹑手蹑脚再往左移步,从珠帘缝隙散出一脸浓香,女人的胭脂粉与花露水,哼着小曲似的,在空气中兀自舞动。母亲从衣橱提出两件同色衣服,搁在床上,我闻到樟脑丸的呛味,像一群关了很久的小鬼,纷纷出笼咬我。

　　不准这个,不准那个,梳辫子好呢还是扎马尾?外婆家左边的,是二堂舅,瘦瘦的,你看到就要叫二舅;右边是大堂舅,比较胖;后边有三户,水井旁是大伯公,靠路边是……竹篱旁是……进阿祖的房不能乱拿东西吃;要是忘了人,你就说我是某某的女儿,借问怎么称呼你。

　　我不断复诵这一页口述地理与人物志,把民族的特征、称谓摆到正确的位置,动也不动。多少年后,我想起五岁脑海中的这一页,才了解它像一本童话故事书般不切实际,妈妈忘了交待时间与空间的立体变化,譬如说,胖的大舅可能变瘦了,而瘦的二舅出海打鱼了。他们根本不会守规矩乖乖待在家里让我指认，他们围在大稻埕，而我只能看到衣服上倒数第二颗纽扣，或是他们手上抱着的幼儿小屁股。

善缝纫的母亲有一件毛料大衣，长度过膝，黑底红花，好像半夜从地底冒出的新鲜小番茄。现在，我穿着同色的小背心跟妈妈走路。她的大衣短至臀位，下半截变成我身上的背心。那串红色闪着宝石般光芒的项链圈着她的脖子，珍珠项链则在我项上，刚刚坐客运车时，我一直用指头捏它、滚它，妈妈说小心别扯断了，这是唯一的一串。

我们走的石子路有点怪异，老是听到远处传来巨大吼声的回音，像一批妖魔鬼怪在半空中或地心层摔跤。然而初春的田畴安分守己，有些插了秧，有的仍是汪汪水田。河沟淌水，一两声虫动，转头看岸草兀自摇曳，没见着什么虫。妈妈与我沉默地走着，有时我会落几步，捡几粒白色小石子，我蹲下来，抬头看穿毛料大衣的妈妈朝远处走去的背影，愈来愈远，好似忘了我，重新回到未婚时的女儿姿态。那一瞬间是惊惧的，她不认识我，我也不认识她。初春平原弥漫着神秘的香味，有助于恢复记忆，找到隶属，我终于出声喊了她，等我哟！她回头，似乎很惊讶居然没发觉我落后了那么远，接着所有的记忆回来了。每个结了婚的农村女人不需经过学习即能流利使用的那一套驭子语言，柔软的斥责，听起来很生气其实没有火气的"母语"，那是一股强大的磁力，就算上百个儿童麇集在一起，那股磁力自然而然把她的孩子吸过去。我朝她跑，发现初春的天无边无际地蓝着，妈妈站在淡蓝色天空底下的样子令我记忆深刻，我后来一直想替这幅画面找一个题目，想了很久，才同意它应该叫作"平安"。

渴了,我说。哪,快到了,已经听到海浪了。原来巨大吼声的回音是海洋发出来的。说不定她刚刚出神地走着,就是被海涛声吸引,重忆起童年、少女时代在海边嬉游的情景。待我长大后,偶然从邻人口中得知母亲的娘家算是当地望族,人丁兴旺,田产广袤,而她却断然拒绝祖辈安排的婚事,用绝食的手法逼得家族同意,嫁到远村一户常常淹水的茅屋。

我知道后才扬弃少女时期的叛逆敌意,开始完完整整地尊敬她;下田耕种、烧灶煮饭的妈妈是懂得爱情的,她沉默且平安,信仰着自己的爱情。我始终不明白,昔日纤柔的年轻女子从何处取得能量,胆敢与顽固的家族权威颉颃?后来忆起那条小路,穿毛料短大衣的母亲痴情地朝远方走去的背影,我似乎知道答案,她不是朝娘家聚落,她朝聚落背后辽阔的太平洋。我臆测那座海洋的能量,晓日与夕辉,雷雨与飓风,种种神秘不可解的自然力早已凝聚在母亲身上,随呼吸起伏,与血同流。我渐渐理解我手中这份创作本能来自母亲,她被大洋与平原孕育,然后孕育我。

据说阿祖把一颗金柑仔糖塞进我的嘴巴后,我开始很亲切地与她聊天,并且慷慨地邀请她有空、不嫌弃的话到我家来坐坐。她故意考问初次见面的小曾孙,那么你家是哪一户啊?我告诉她,河流如何如何弯曲,小路如何如何分岔,田野如何如何棋布,最重要是门口上方有一条鱼。

鱼?母亲想了很久,忽然领悟,那是水泥做的香插,早晚两炷香谢天。

鱼的家徽,属于祖父与父亲的故事,他们的猝亡也跟鱼有关。感谢天,在完成诞生任务之后,才收回两条汉子的生命。

我终于甘心情愿地在自己的信仰里安顿下来,明白土地的圣诗与悲歌必须遗传下去,用口语或文字,耕种或撒网,以尊敬与感恩的情愫。幸福,来自给予,悲痛亦然。

母亲又从衣橱提出一件短大衣。大年初一,客厅里飘着一股浓郁的沉香味。台北公寓某一层楼,住着从乡下搬迁而来的我们,神案上红烛跳动,福橘与贡品摆得像太平盛世。年老的母亲拿着那件大衣,穿不下了。好的毛料,你在家穿也保暖的。黑色毛面闪着血泪斑斑的红点,三十年了,穿在身上很沉,却依旧暖。

我因此忆起古老的事,在海边某一条小路上发生的。

衣

服装一二三

◎王安忆

　　很惊奇满街的服装怎么卖得完。杂货店改成服装店,土产店改成服装店,书店、邮局、文具店都辟出一半在卖服装,也没见哪家倒闭,而且显出只增不减的架势。再看女人家的衣橱,这惊奇便释然了一些,哪个不是满满当当。许多衣服闲置着,没等上身一次,季节便过去了,或者潮流过去了。还有许多是一拿进家门就不喜欢的,买时眼睛盯着模特儿身上,回家才看自己身上,自然见到了真相。但除去这两类属于浪费和交学费的衣服,仅是穿在身上的那些,也还是多,确是需要大市场的。由此而来的疑惑是,哪里有那么多的钱呢?这一世界的衣服似乎能买空银行了,又不是不吃饭不干别的了,于是便要仔细琢磨一番,终于琢磨出一个结果,那就是这世界上绝大部分的钱,确实都花在衣服上了。衣服是最方便武装自己的东西,因它武装的面积最广大。在慷慨买衣服的一百个人中间,大约只有五十个人是照顾鞋和袜的,因为常常看见衣服讲究,鞋袜却相去甚远的。这五十个人中间大约又只剩二十五个人重视护肤与体形,比如常去美容院和健美班,因为街上走的人,大都形式与内容脱离。这二十五个人中举止谈吐文雅礼貌的有十二个就算多的了,这十二个人读过一些修养方面的文章,受到好的影响。要再在这中间找上一些内涵丰富、谈得上有精神生活、有个性魅力的，恐怕还要再凑上一组十二人，才得一个。因要获得这些，需要大量投资：教育、阅读、学习等等。这一份开支列出来，是否就可以证明一点，服装其实也是一种大众消费，是最多数人塑造自己寻求个性的方式，所以才会这么铺天盖地。

面对这么大量的服装，你会发现塑造个性已是一句空话。没有一种样式和风格，不是人头攒动，人满为患。倘若你又是不喜欢奇装异服的，那几乎没有立锥之地了。任凭是哪一种个别，都有推向大多数的危险。传说在旧上海，在卖笑女中曾经一度流行过女学生的装束，蓝裙白衣，日本娃娃头，手里还挟书本几册。前几日在街上看见一小尼，身穿明黄色的短袈裟，打着白色的绑脚，脚蹬麻编草鞋，头顶斗笠，背一个登山包，步态轻盈地在阳光下走着，引来众人目光，这一身很快便会流行开来，成为时装。当然，其中到底还须有一点美的道理。那年女作家三毛来到上海她新认的爸爸家，要穿一件中山装，虽然媒介很热，可却终于没有流行，是因那样子实在难以恭维，于是得不到响应。想为自己设计个形象，颇感困难。大道小路，河里船上，都是脚印摞脚印，都是人家嚼过的馒头。过去的蓝海洋灰海洋是磨灭个性，如今的姹紫嫣红万种风流，也是磨灭个性，总归是花如海，人如潮，分不出个你我他。人眼都是尖，一旦有针尖大那么个好看与独特，立刻便趋之若鹜。想来想去，不如以不变应万变，反倒省心，不必忙着在马路上和商店里挤，不必老为钱袋发愁，再为衣橱的吐故纳新动脑筋。不去想自己的形象当是如何，也不想世人的形象当如何规避，只凭着喜欢和不喜欢，有就添，没有就不添，倒也是个境界。总之,在这么个衣服世界里,要以衣服创出个性与自我,此路是不通的。千万不要上了小说的当,凡女主角出场,人不说话,衣服先说话的,小说家写一句容易,做起来就难了,不信你叫作家自己穿穿看!

　　然而,我在衣服上也并非是个虚无主义者,不分好坏,是非不明,总还是有点自己的兴趣。走在马路上,也往往眼观六路耳听八方,看到自己喜欢的,便用眼睛揪住不放。特别打动我的倒不是那类赏心悦目的。那一类是好看,但尽是好看也有些简单,好看这东西是山外有山、天外有天的,没个尽头。而叫我动心的则须是有趣的,还有点戏剧性的。比如多年前,看见一位刚出大学校门的女评论家,笔锋十分犀利的,年轻而又个性的她,穿了一身格子呢的套装,公司里上班的职业妇女的模样,很端肃很成熟的表情,便觉她十分可爱,是小孩穿大人衣,认真入戏的一幕,事后常常想起的。还有一回在电视的谈话节目中,有一位女教授出场。是那种敦实可亲的形象,她头发是剪短的,谈不上什么样式,梳得很利落,穿一件套头的毛衣,并不是外穿的那种,然后,戴了一串白珍珠项链,佩在毛衣外。看上去就是那种认认真真穿扮过的样子,虽没什么好东西,却是一片诚挚的气息,也是我喜欢的。有一回在法国领事馆的招待会上,那天是他们的国庆日,正值酷暑,虽有空调,但因人多,免不了汗流浃背,女士们不得不脱去外套。站在一隅,忽然悟到,女式时装其实就一个道理,就是天热时多穿,天冷时少穿。此时,只见身边一个老先生,忽从后腰抽出一把折扇,心中便十分叫好,这一把扇子佩得很好,见风骨,又有幽默感。最不喜欢的服装是在孩子身上,大人把孩子当猴耍,因他们年幼软弱,发表不得什么见解,便左右万端地摆布他们,将他们装扮成奇模怪样,以此作乐。别的,再穿不好,也是他们自己的选择,经过一些脑筋和劳动,是他们的自由。

域外杂谈·衣

◎王小波

编辑部来信约写《域外随笔》，一时不知从何写起。就像《红楼梦》上说的，咱也不是到国外打过反叛、擒过贼首的，咱不过在外面当了几年穷学生罢了。所以就谈谈在外面的衣食住行吧。

初到美国时，看到楼房很高，汽车很多，大街上各种各样的人都有。于是一辈子没想过的问题涌上了心头：咱们出门去，穿点什么好呢？刚到美国那一个月，不管是上课还是见导师，都是盛装前往。过了一段时间，自己也觉得不自然。上课时，那一屋子人个个衣着随便，有穿大裤衩的，有穿 T 恤衫的，还有些孩子嫌不够风凉，在汗衫上用剪子开了些口子。其中有个人穿得严肃一点，准是教授。偶尔也有个把比教授还衣着笔挺的，准是日本来的。日本人那种西装革履也是一种风格，但必须和五短身材、近视眼镜配起来才顺眼。咱们要装日本人，第一是一米五的身高装不出来，第二咱们为什么要装他们。所以后来衣着就随便了。

在美国，有些场合衣着是不能随便的，比方说校庆和感恩节派对。这时候穿民族服装最体面，阿拉伯和非洲国家的男同学宽袍大袖，看了叫人肃然起敬。印度和孟加拉的女同学穿五彩纱丽，个个花枝招展。中国来的女同学身材好的穿上旗袍,也的确好看。男的就不知穿什么好了。这时我想起过去穿过的蓝布制服来,后悔怎么没带几件到美国来。

后来牛津大学转来一个印度人,见了这位印度师兄,才知道什么叫作衣着笔挺。他身高有两米左右,总是打个缠头,身着近似中山服的直领制服,不管到哪儿,总是拿了东西,边走边吃,旁若无人。系里的美国女同学都说他很 sexy(性感)。有一回上着半截课,忽听身后一声巨响。回头一看,原来是他把个苹果一口咬掉了一半。见到大家都看他,他就举起半个苹果说:May I(可以吗)? 看的人倒觉得不好意思了。

衣着方面,我也有过成功的经验。有年冬天外面下雪,我怕冷,头上戴了羊剪绒的帽子,身穿军用雨衣式的短大衣,蹬上大皮靴跑出去。路上的人都用敬畏的眼光看我。走到银行,居然有个女士为我推了一下门。到学校时,有个认识的华人教授对我说:Mr.王,威风凛凛呀。我赶紧找镜子一照,发现自己一半像巴顿将军,一半像哥萨克骑兵。但是后来不敢这么穿了,因为路上有个停车场,看门的老跟我歪缠,要拿他那顶皱巴巴的毛线帽换我的帽子。

我这么个大男子汉,居然谈起衣着来了,当然是有原因的。

衣着涉及我一段痛心的体验。有一年夏天,手头有些钱,我们两口子就跑到欧洲去玩,从南欧转北欧,转到德国海德堡街头,清晨在一个喷水池边遇到国内来的一个什么团。他乡遇故知,心里挺别扭。那些同志有十几个人,扎成一个堆,右手牢牢抓住自己的皮箱,正在东张西望,身上倒个个是一身新,一看就是发了置装费的,但是很难看。首先,那么一大疙瘩人,都穿一模一样的深棕色西服,这种情形少见。其次,裤子都太肥,裤裆将及膝盖。只有一位翻译小姐没穿那种裤子,但是腿上的袜子又皱皱巴巴,好像得了皮肤病。再说,纳粹早被前苏联红军消灭了,大伙别那么紧张嘛。德国人又是笑人在肚子里笑的那种人,见了咱们,个个面露蒙娜·丽莎式的神秘微笑。我见了气得脑门都疼。

其实咱们要不是个个都有极要紧的公干,谁到你这里来受这份洋罪?痛斥了洋鬼子以后,我们也要承认,如今在世界各大城市,都有天南海北来的各种各样的人,其中国内公出的人在其中最为扎眼,和谁都不一样,有一种古怪气质,难描难画。以致在香港满街中国人中,谁都能一眼认出大陆来的表叔。这里当然有衣着的问题,能想个什么办法改变一下就好了。

女作家的衣裳

◎林那北

其实是这样的，写作的女人写到一定层面，就可以很自豪地号称文字是自己最好的衣裳。这话挺有光泽，把一个有文化素质的女子笼罩得华丽且高傲。读者在一定程度上似乎也愿意认同，毕竟总是先看到她们的文字，然后在概率非常小的情况下，才可能见到本尊。又不是一起生活，能够把汉字组合得眼花缭乱，就是人间一枚积极建设者了，鼻子什么样眼睛什么样，关我什么事。

女作家自己则很少跟他们观点一致，登台时脖子一梗，似乎蔑视外壳，煞有介事地鼻子哼哼做不食人间烟火状，关上门对着镜子，我不相信哪个是一脸漠然的。对生活一切细节敏感，这是写作者最基本的素养，即使天赋低劣，在其中混久了，滚出一身泥巴，那根神经多少也稍微茁壮一些了，总不至于两眼只盯着别人敏感，落到自己的身上，就瞎了。镜子诚实地告诉你脸黄了脸皱了有雀斑了，有办法吗？没有。这种绝望夹着大海涨潮般的无奈，但也只能接受，不接受难道拿刀捅死自己？再有钱再有名再有才华又怎么样？认命是高低贵贱者一生最神似的心理命题。然后从脸往下看，越过脖子，越过脖子上越来越显著的颈纹，就抵达可以有所作为的领地了。

现在购物方便了，微信朋友圈看到这个今天在日韩那个明天在欧洲,退一步还有万能的网络。网上也不全是低端货,很多大牌旗舰店正在冲锋抢占地盘中,另外不是一些大V也大汗淋漓地做着海外代购大业吗?万紫千红的颜色与千奇百怪的款式齐飞,接下去考验我们的时刻到了:你选择哪一件衣哪一条裙哪一双鞋哪一顶帽?

20世纪三四十年代出过一群争奇斗艳的女作家,她们首先运气好,率先获得开蒙识字的机会,若是字离她们远,被今天的我们记住的概率就几近于无了。老有人夸林徽因漂亮,她长相上其实并不像福州人。倒是长得特别像福州人的浙江人郁达夫,曾动用文字浮夸过福州女子,他不知为何能在南大街和仓前山一带看到许多皮肤柔嫩雪白的美妇人,认为比苏杭好几十倍,我相信多半是诗人酒后浪漫失控的胡扯。闽地数朝数代源源不断有从烽火中拖家带口仓皇南下的北方移民,杂居和杂交后导致人种智力飙升这是不争的事实,至于相貌,原本也应突飞猛进,事实上却因为颧骨发育太猛,加上天气炎热,鼻子忙着散热而来不及高挺起来,也不给鼻尖留出些许位置,把鼻孔弄得又粗又大,而太阳穴那里却没来由地迅猛往里一缩。从老照片上,林徽因的母亲何雪媛虽来自浙江嘉兴,却窄额、高颧、凸唇,一张橄榄状的脸怎么看都很福州。而林徽因脸无棱角,反倒显出温婉柔媚的江南水乡质地。脸上线条越柔顺流畅,性格往往越绵软温婉,反之则刚烈刻薄,这一点何雪媛可以印证。林徽因似乎却印证不了,她长得柔软,脾气据说却也火爆。火爆会不会是因为被周围男人众星捧月捧出来的?而且温婉的人一般唇都懒得动,她却奇怪的是太太客厅里的"话痨"。我因此就不太相信面相了,关于这个被人反复夸奖的福州女子,该说的倒应该是她的服装。

那个时期的女作家中,她应该是留下照片最多的一个。长得好看就爱拍照是个原因,关键是也得有钱有机会碰到照相机。这在如今不是问题,往前推近百年,就是个大鸿沟。没有美颜可用,又不能P,她的美就是原汁原味的。杏眼、高鼻、小唇、酒窝、尖下巴,该有的全有齐了,连略单薄、个子偏矮和哮喘导致背微驼都淹没不了如花颜值。有一天我突然不再看她的脸,而注意起她的穿着。少女时的白褂黑裙,成年后的旗袍、洋装,至少照片所体现出来的无一出错。对,"出错"这个词很重要,什么年纪、什么场合,选择一款什么服装真是危机四伏。男人一辈子都只需要在休闲或西服间做个简单A、B选项,女人这个倒霉的性别却每天都是考验。过了四十岁还穿吊带装是不是傻啊? 露出来的部分,已经被岁月侵蚀得倦意无限,松了垮了塌了,终日垂头丧气恨不得抱头鼠窜远离每一寸光,却偏要被扯出来游街示众,这是多大仇多大恨? 与露正相反的是赘,分明背凸腹鼓大腿壮硕,却披挂上带汤带汁坠满各种蕾丝或荷叶边的战袍,整个人仿佛是淹没在羽毛中的母鸡。世上所有的花朵都有无限霸道的侵略性,这是天赐美貌所决定的。女人斗胆把它们引到身上,就一定得做好引狼入室的思想准备,被反衬是分分钟的事。如果年幼,靠天真无邪还有一线转机,中年与暮年后弹性节节消亡,体内哪还有与之抗衡的点滴精气? 一年一年的溃败中,与岁月握手言和的唯有没有一分多余的简洁剪裁,多一根线头都是负担。

　　我最喜欢林徽因的一张照片是她刚骑完马或者准备骑马,长靴、马裤,双手插裤兜,上面随意披一件外套,关键还系着一条丝巾。一个多病的人,娇弱身躯似乎唯有被绣花旗袍裹起,才相得益彰,突然英气起来,竟也如此惊天地泣鬼神。

她应该对脖子这一部件异乎寻常钟爱吧？或者围巾或者项链，几乎没有断过。以亚洲女人扁平的五官和矮小的个子，衣服以外的装饰无疑是最凶险的存在，常常游走在矫揉造作的边缘。她还好，二十岁那年站在泰戈尔身边，虽项链略微偏长把她背坠得格外驼，但她不惜负重豁出去，好让外宾看看中国女子也不是穷得叮当响，其担当之勇还是该点赞的。

抗战，动乱，逃往西南，世事乱了，她的衣服却没乱，这就很像淤泥中的荷花了。1938年她带着孩子与几个朋友在昆明西山华亭寺合影时，项链是没有了，围巾也缺少，但毛衣、哈伦裤、长皮靴以及点到为止的笑容，一切都仍保留着岁月静好的安详。

我唯一不能认可的是她投入工作，爬上那么高的建筑物测量和维修时，还非得穿长及脚踝的旗袍。知道那天会有人拍照？唯一能解释的是，前一天下过大雨，她不多的长裤都浸湿了，或者本是去电影院休闲，中途灵感忽起，玉足一拐，就拐去工地了，再狭小的裙摆也挡不住她凌霄花般向上攀援的激情。一个长得敢跟花斗艳的女人，她美她说了算。

而冰心，始终明智地穿得规规矩矩，连袖棉布旗袍是常态，颜色也尽量深重，这就有点把自己收缩起来，不跟花红柳绿争个春的意思了。年轻时冰心可能对自己声势浩荡隆起的大额头自卑过，曾用重重的发量密实盖住，不是以刘海的形式，而是用长发从中间向两边拉出两奇怪的弧形，连婚纱照也用蕾丝代替头发遮盖前额，这样做的结果是生生把她有限的身高又切短了几厘米。当然我相信她后来对自己额头重塑了信心，至少1948年她在日本寓所写字的照片上，整张脸就已经无遮无拦，半根头发都休想延伸出来。算起来这一年她48

岁,功成名就,儿女成仁,已经是人生赢家,小小的额头哪里还吓得住她？何况把所有头发全部集合起来在脑后挽个髻,进可称为知性,退可靠拢利索。当我们身体质朴得撑不起任何华衣丽服时,以守为攻,以不变应万变,难道不是最明智的选择吗？可惜很多人还是忽略了这个榜样。

估计很多女作家更愿意抬张爱玲做榜样。与林徽因穿了也不说不同,张爱玲显然高调多了,那些鱼贯涌出的穿衣经,大约先把她自己架到高处下不来吧？好在她本事真是非常大,会画图能设计,还有长长的天鹅颈用来架起领子高耸的绸缎旗袍,又有足够傲视一切的冷艳表情用来对付照相机镜头。可惜那时都是黑白照片,除了那些异军突起的各种款式,我还好奇她对色彩是怎么把控的,色彩才最能把一个人内心秘密底朝天悄然外泄吧？现实中她有一件双大襟的墨绿旗袍吗？有一条深红色阔大无比的绒线围巾吗？有没有都不重要,小说家对任何东西的热爱都不至于浪费,最终都会成为营养化进文字里。"生命是一袭华美的袍,爬满了蚤子",这是多么深的悟和痛啊。

因为心性的迥异,各人的喜好就会像空气一样偏执地存在着。大头大脸大骨架的丁玲就很少穿裙子,太阳照到桑干河上,却无法照进她每一个日子。孤傲偏蹇的萧红一生动荡漂泊,照片中我们却看到这个呼兰河的女儿总是把瘦小的身子裹在紧绷绷的旗袍里,静水深流。

以前长辈总是认为,女孩子如果在穿着打扮上花太多时间,就无力进步了,所以拼命试图压制。不用花脑筋也知道这说法有多可笑,想把钱省下来自己打扮就明说吧,找这样的借口智商堪忧。说到底穿什么怎么穿,直觉罢了,天赋罢了,水到渠成罢了。林徽因病危躺在床上时，衬衫挽起袖子，外面罩个马甲，放现在这样穿都没过时，仍水汪汪地透着可人的清秀。气息奄奄中她已来日无多，停摆的肺部让她只剩一丝力气胡乱把衣服一套，却仍然可以套出山清水秀。张爱玲晚境孤寂，面相越发刻薄冰凉，虽缩在门内拒见外人，在照片里却眉该描照样描，唇该涂仍然涂，而衣服也没有哪件是不帮她守住尊严的。

美人在骨也在皮，皮囊外罩上什么样的一层布料，学问不大，也不会小。别造作就行。别失态就好。一副能看穿世象的眼光，驾驭起身上为数不多的布料，想必也不是一件太困苦的事。衣品不是人品，它只是一个微小作品。

原载《文汇报》2019 年 6 月 9 日

母亲的羽衣

◎张晓风

讲完了牛郎织女的故事，细看儿子已经垂睫睡去，女儿却犹自瞪着坏坏的眼睛。

忽然，她一把抱紧我的脖子把我赘得发疼：

"妈妈，你说，你是不是仙女变的？"

我一时愣住，只胡乱应道：

"你说呢？"

"你说，你说，你一定要说。"她固执地扳住我不放，"你到底是不是仙女变的？"

我是不是仙女变的？——哪一个母亲不是仙女变的？

像故事中的小织女，每一个女孩都曾住在星河之畔，她们织虹纺霓，藏云捉月，她们几曾烦心挂虑？她们是天神最偏怜的小女儿，她们终日临水自照，惊讶于自己美丽的羽衣和美丽的肌肤，她们久久凝注着自己的青春，被那份光华弄得痴然如醉。

而有一天，她的羽衣不见了，她换上了人间的粗布——她已经决定做一个母亲。有人说她的羽衣被锁在箱子里，她再也不能飞翔了，人们还说，是她丈夫锁上的，钥匙藏在极秘密的地方。

母亲的羽衣

可是，所有的母亲都明白那仙女根本就知道箱子在哪里，她也知道藏钥匙的地方，在某个无人的时候，她甚至会惆怅地开启箱子，用忧伤的目光抚摸那些柔软的羽毛，她知道，只要羽衣一着身，她就会重新回到云端，可是她把柔软白亮的羽毛拍了又拍，仍然无声无息地关上箱子，藏好钥匙。

　　是她自己锁住那身昔日的羽衣的。

　　她不能飞了，因为她已不忍飞去。

　　而狡黠的小女儿总是偷窥到那藏在母亲眼中的秘密。

　　许多年前，那时我自己还是一个小女孩，我总是惊奇地窥伺着母亲。

　　她在口琴背上刻了小小的两个字——"静鸥"，那里面有什么故事吗？那不是母亲的名字，却是母亲名字的谐音，她也曾梦想过自己是一只静栖的海鸥吗？她不怎么会吹口琴，我甚至想不起她吹过什么好听的歌，但那名字对我而言是母亲神秘的羽衣，她轻轻写那两个字的时候，她可以立刻变了一个人，她在那名字里是另外一个我所不认识的有翅的什么。

　　母亲晒箱子的时候是她另外一种异常的时刻，母亲似乎有好些东西，完全不是拿来用的，只为放在箱底，按时年年在三伏天取出来曝晒。

　　记忆中母亲晒箱子的时候就是我兴奋欲狂的时候。

　　母亲晒些什么？我已不记得，记得的是樟木箱又深又沉，像一个混沌黝黑初生的宇宙，另外还记得的是阳光下竹竿上富丽夺人的颜色，以及怪异却又严肃的樟脑味，以及我在母亲喝禁声中东摸摸西探探的快乐。

　　我唯一真正记得的一件东西是幅漂亮的湘绣被面，雪白的缎子上，绣着兔子和翠绿的小白菜，以及红艳欲滴的小杨花萝卜，全幅上还绣了许多别的令人惊讶赞叹的东西，母亲一面整理，一面会忽然回过头来说："别碰，别碰，等你结婚就送给你。"

我小的时候好想结婚，当然也有点害怕，不知为什么，仿佛所有的好东西都是等结了婚就自然是我的了，我觉得一下子有那么多好东西也是怪可怕的事。

那幅湘绣后来好像不知怎么就消失了，我也没有细问。对我而言，那么美丽得不近真实的东西，一旦消失，是一件合理得不能再合理的事。譬如初春的桃花，深秋的枫红，在我看来都是美丽得违了规的东西，是茫茫大化一时的错误，才胡乱把那么多的美堆到一种东西上去，桃花理该一夜消失的，不然岂不教世人都疯了？

湘绣的消失对我而言简直就是复归大化了。

但不能忘记的是母亲打开箱子时那份欣悦自足的表情，她慢慢地看着那幅湘绣，那时我觉得她忽然不属于周遭的世界，那时候她会忘记晚饭，忘记我扎辫子的红绒绳。她的姿势细想起来，实在是仙女依恋地轻抚着羽衣的姿势，那里有一个前世的记忆，她又快乐又悲哀地将之一一拾起，但是她也知道，她再也不会去拾起往昔了——唯其不会重拾，所以回顾的一刹那更特别地深情凝重。

除了晒箱子，母亲最爱回顾的是早逝的外公对她的宠爱，有时她胃痛，卧在床上，要我把头枕在她的胃上，她慢慢地说起外公。外公似乎很舍得花钱（当然也因为有钱），总是带她上街去吃点心，她总是告诉我当年的肴肉和汤包怎么好吃，甚至煎得两面黄的炒面和女生宿舍里早晨订的冰糖豆浆（母亲总是强调"冰糖"豆浆,因为那是比"砂糖"豆浆更为高贵的),都是超乎我想象力之外的美味,我每听她说那些事的时候,都惊讶万分——我无论如何不能把那些事和母亲联想在一起。我从有记忆起,母亲就是一个吃剩菜的角色,红烧肉和新炒的蔬菜简直就是理所当然地放在父亲面前的,她自己的面前永远是一盘杂拼的剩菜和一碗"擦锅饭"(擦锅饭就是把剩饭在炒完菜的剩锅中一炒,把锅中的菜汁都擦干净了的那种饭),我简直想不出她不吃剩菜的时候是什么样子。

而母亲口里的外公、上海、南京、汤包、肴肉全是仙境里的东西,母亲每讲起那些事,总有无限的温柔,她既不感伤,也不怨叹,只是那样平静地说着。她并不要把那个世界拉回来,我一直都知道这一点,我很安心,我知道下一顿饭她仍然会坐在老地方,吃那盘我们大家都不爱吃的剩菜。而到夜晚,她会照例一个门一个窗地去检查去上闩。她一直都负责把自己锁牢在这个家里。

哪一个母亲不曾是穿着羽衣的仙女呢?只是她藏好了那件衣服,然后用最暗淡的一件粗布把自己掩藏了,我们有时以为她一直就是那样的。

而此刻,那刚听完故事的小女儿鬼鬼地在窥伺着什么?

她那么小,她由何得知?她是看多了卡通,听多了故事吧?她也发现了什么吗?

是在我的集邮本偶然被儿子翻出来的那一刹那吗?是在我拣出石涛画册或汉碑并一页页细味的那一刻吗?是在我猛然回首听他们弹一阕熟悉的钢琴练习曲的时候吗?抑是在我带他们走过年年的春光,不自主地驻足在杜鹃花旁或流苏树下的一瞬间吗？

　　或是在我动容地托住父亲的勋章或童年珍藏的北平画片的时候，或是在我翻拣夹在大字典里的干叶之际，或是在我轻声地教他们背一首唐诗的时候……

　　是有什么语言自我眼中流出呢？是有什么音乐自我腕底泻过吗？为什么那小女孩会问道：

　　"妈妈，你是不是仙女变的呀？"

　　我不是一个和千万母亲一样安分的母亲吗？我不是把属于女孩的羽衣收折得极为秘密吗？我在什么时候泄漏了自己呢？

　　在我的书桌底下放着一个被人弃置的木质砧板，我一直想把它挂起来当一幅画，那真该是一幅庄严的画，那样承受过万万千千生活的刀痕和凿印的，但不知为什么，我一直也没有把它挂出来……

　　天下的母亲不都是那样平凡不起眼的一块砧板吗？不都是那样柔顺地接纳了无数尖锐的割伤却默无一语的砧板吗？

　　而那小女孩，是凭什么神秘的直觉，竟然会问我：

　　"妈妈？你到底是不是仙女变的？"

　　我掰开她的小手，救出我被吊得酸麻的脖子，我想对她说：

　　"是的，妈妈曾经是一个仙女，在她做小女孩的时候，但现在，她不是了，你才是，你才是一个小小的仙女！"

　　但我凝注着她晶亮的眼睛，只简单地说了一句：

　　"不是，妈妈不是仙女，你快睡觉。"

　　"真的？"

　　"真的！"

母亲的羽衣

她听话地闭上了眼睛,旋又不放心地睁开:

"如果你是仙女,也要教我仙法哦!"

我笑而不答,替她把被子掖好,她兴奋地转动着眼珠,不知在想什么。

然后,她睡着了。

故事中的仙女既然找回了羽衣,大约也回到云间去睡了。

风睡了,鸟睡了,连夜也睡了。

我守在两张小床之间,久久凝视着他们的睡容。

鞋的故事

◎孙犁

我幼小时穿的鞋,是母亲做。上小学时,是叔母做,叔母的针线活好,做的鞋我爱穿,结婚以后,当然是爱人做,她的针线也是很好的。自从我到大城市读书,觉得"家做鞋"土气,就开始买鞋穿了。时间也不长,从抗日战争起,我就又穿农村妇女们做的"军鞋"了。

现在老了,买的鞋总觉得穿着别扭。想弄一双家做鞋,住在这个大城市,离老家又远,没有办法。

在我这里帮忙做饭的柳嫂,是会做针线的,但她里里外外很忙,不好求她。有一年,她的小妹妹从老家来了。听说是要结婚,到这里置办陪送。连买带做,在姐姐家住了好一阵子。有时闲下来,柳嫂和我说了不少这个小妹妹的故事。她家很穷苦。她这个妹妹叫小书绫,因为她最小。在家时,姐姐带小妹妹去浇地,一浇浇到天黑。地里有一座坟,坟头上有很大的狐狸洞,棺木的一端露在外面,白天看着都害怕。天一黑,小书绫就紧抓着姐姐的后衣襟,姐姐走一步,她就跟一步,闹着回家。弄得姐姐没法干活儿。

现在大了,小书绫却很有心计。婆家是自己找的,订婚以前,她还亲自到婆家私访一次。订婚以后,她除拼命织席以外,还到山沟里去教人家织席。吃带砂子的饭,一个月也不过挣二十元。

　　我听了以后,很受感动。我有大半辈子在农村度过,对农村女孩子的勤快劳动、质朴聪明,有很深的印象,对她们有一种特殊的感情。可惜进城以后,失去了和她们接触的机会。城市姑娘,虽然漂亮,我与她们终是格格不入。

　　柳嫂在我这里帮忙,时间很长了。用人就要做人情。我说:"你妹妹结婚,我想送她一些礼物。请你把这点钱带给她,看她还缺什么,叫她自己去买吧!"

　　柳嫂客气了几句,接受了我的馈赠。过了一个月,妹妹的嫁妆操办好了,在回去的前一天,柳嫂把她带了来。

　　这女孩子身材长得很匀称,像农村的多数女孩子一样,她的额头上,过早地有了几条不太明显的皱纹。她脸面清秀,嘴唇稍厚一些,嘴角上总是带有一点微笑。她看人时,好斜视,却使人感到一种深情。

　　我对她表示欢迎,并叫柳嫂去买一些菜,招待她吃饭,柳嫂又客气了几句,把稀饭煮上以后,还是提起篮子出去了。

　　小书绫坐在炉子旁边,平日她姐姐坐的那个位置上,看着煮稀饭的锅。我坐在旁边的椅子上。

　　"你给了我那么多钱。"她安定下来以后,慢慢地说,"我又帮不了你什么忙。"

　　"怎么帮不了?"我笑着说,"以后我到了那里,你能不给我做顿饭吃?"

　　"我给你做什么吃呀?"女孩子斜视了我一眼。

　　"你可以给我做一碗面条。"我说。

　　我看出,女孩子已经把她的一部分嫁妆穿在身上。她低头撩了撩衣襟说:

"我把你给的钱,买了一件这样的衣服。我也不会说,我怎么谢承你呢?"

　　我没有看准她究竟买了一件什么衣服,因为那是一件内衣。我忽然想起鞋的事,就半开玩笑地说:"你能不能给我做一双便鞋呢?"

　　这时她姐姐买菜回来了。她没有说行,也没有说不行,只是很注意地看了看我伸出的脚。

　　我又把求她做鞋的话,对她姐姐说了一遍。柳嫂也半开玩笑地说:

　　"我说哩,你的钱可不能白花呀!"

　　告别的时候,她的姐姐帮她穿好大衣,箍好围巾,理好鬓发。在灯光之下,这女孩子显得非常漂亮,完全像一个新娘,给我留下了容光照人、不可逼视的印象。

　　这时女孩子突然问她姐姐:"我能向他要一张照片吗?"我高兴地找了一张放大的近照送给她。

　　过春节时,柳嫂回了一趟老家,带回来妹妹给我做的鞋。

　　她一边打开包,一边说:

　　"活儿做得精致极了,下了功夫哩。你快穿穿试试。"

　　我喜出望外,可惜鞋做得太小了。我懊悔地说:

　　"我短了一句话,告诉她往大里做就好了。我当时有一搭没一搭,没想她真给做了。"

　　"我拿到街上,叫人家给拍打拍打,也许可以穿。"柳嫂说。

　　拍打以后,勉强能穿了。谁知穿了不到两天,一个大脚趾就瘀了血。我还不死心,又当拖鞋穿了一夏天。

　　我很珍视这双鞋。我知道,自古以来,女孩子做一双鞋送人,是很重的情意。

我还是没有合适的鞋穿。这两年柳嫂不断听到小书绫的消息：她结了婚，生了一个孩子，还是拼命织席，准备盖新房。柳嫂说：

"要不，就再叫小书绫给你做一双，这次告诉她做大些就是了。"

我说："人家有孩子，很忙，不要再去麻烦了。"

柳嫂为人慷慨，终于买了鞋面，写了信，寄去了。

现在又到了冬天，我的屋里又生起了炉子。柳嫂的母亲从老家来，带来了小书绫给我做的第二双鞋，穿着很松快，我很满意。柳嫂有些不满地说："这活儿做得太粗了，远不如上一次。"我想：小书绫上次给我做鞋，是感激之情。这次是情面之情。做了来就很不容易了。我默默地把鞋收好，放到柜子里，和第一双放在一起。

柳嫂又说："小书绫过日子心胜，她男人整天出去贩卖东西。听我母亲说，这双鞋还是她站在院子里，一边看着孩子，一针一线给你做成的哩。眼前，就是农村，也没有人再穿家做鞋了，材料、针线都不好找了。"

她说的都是真情。我们这一代人死了以后，这种鞋就不存在了，长期走过的那条饥饿贫穷、艰难险阻、山穷水尽的道路，也就消失了。农民的生活变得富裕起来，小书绫未来的日子，一定是甜蜜美满的。

那里的大自然风光，女孩子们纯朴美丽的素质，也许是永存的吧。

1984 年 12 月 16 日

裤裆变迁

◎汪朗

　　中国虽然素称礼仪之邦，有些事情其实并不那么"礼仪"。比如说，曾经有一段时间，有头有脸者多为"光腚党"，老少不分，乾坤一体。

　　"光腚党"成员既为有头有脸者，当然不可能"赤条条来去无牵挂"，其穿着还是颇为讲究的，上要有衣下要有裳。裳的样子和现在的裙子差不多，只不过褶子要打在左右两侧，前后两面则须保持平整，以示庄重。裳之外，还要罩上一块绘有图案的布帛或皮革，以作装饰。与裙子不同，裳是绝对不能"迷你"的，一般都要长拖到地。因为华丽外表的后面已无寸丝在体，可以"一览众山小"了。《周易·系辞》云："黄帝、尧、舜垂衣裳而天下治，盖取之乾坤。"此处之乾坤，指的是天地。天在未明时为玄色即黑色，故上衣象天而其色玄；地为黄色，故下裳象地而其色黄。明白了衣裳的形制，才能理解为什么当权者只有"垂"衣裳才能天下治。因为裳内已是一无所有，不垂之，难免春光乍泄。领导形象一旦因此受损，说出话的分量便得打折，天下自然也就难于治理。

　　穿衣系裳的"光腚党"，尽管行为举止须处处小心，但也因此捞得一大好处，这就是"方便"起来比较方便。

　　但衣裳之制的弊端也十分明显，特别是保暖性太差，遇到数九寒天可就惨了。于是,聪明人想出了各种补救措施。在两腿部位,以窄布缠绕的"邪幅"御寒,其模样和现在的裹腿差不多,只不过缠绕的层次更多些;在核心之处,则发明了"绔"以全力保卫之。由此,"光腚党"便演变成了"开裆族"。绔者,开裆裤是也。由于保留了便于"方便"的功能,开裆裤也被称为"溺绔"。江陵马山楚墓中曾有绣绢锦绔出土,沈从文老先生专门对此进行过考证。

由于是内穿之物,绔的用料通常不太讲究,只有阔少才会以细绢即"纨"来做绔,臭显摆。由此便有了纨绔子弟之说,即"穿着豪华开裆裤的有钱小玩儿闹"。为此,特建议将"酷毙"一词改为"绔毕",这样才有讲儿。

开裆裤在中国历史上扮演过重要角色。人们十分熟悉的赵氏孤儿的故事中,幕后英雄便有此公。当年老赵家被满门抄斩后,只有赵朔的妻子因为是晋成公的姐姐,得以带着身孕跑到宫中避难。"居无何,而朔妇免身,生男。屠岸贾闻之,索于宫中。夫人置儿绔中,祝曰:'赵宗灭乎,若号;即不灭,若无声。'及索,儿竟无声。"躲过此劫,赵家的独苗苗赵武,才能在公孙杵臼和程婴等人的扶助下,报仇雪恨,重振家声。赵武藏身之"绔",便是开裆裤,唯此,他才能通过敞开之裤裆顺畅呼吸,不至被憋死。没有这裤裆中的一幕,就不会有后来的魏、赵、韩三家分晋,更不会有战国的七雄争霸。亏得《史记》中的这番记载,才使开裆裤之殊勋未被湮没。

不过,老赵家的后人赵武灵王对开裆裤却不那么领情,甫一当政便要全力革除之,搞什么胡服骑射。这其实也是形势所迫。因为赵国当时经常受到周边胡人骑兵的袭扰,靠传统车战总打不赢,只好以骑射对付骑射。而宽袍大袖的汉族服饰,用于车战还马马虎虎,一改骑射便不灵光了。穿着开裆裤骑马,将士们用不了多久都得变成红屁股猴,哪里还有心思挽弓射箭!因此,要玩儿骑射就必须配套胡服,上面是窄袖的紧身衣,下面取消裳和开裆裤,只穿满裆长裤。

为了把这裤裆补一补,赵武灵王可是遇到了大麻烦,有人抨击他违反礼制,"变古之教,易古之道,逆人之心"。赵武灵王不为所动,反驳说:"夫服者,所以便用也;礼者,所以便事也。圣人观乡而顺宜,因事而制礼,所以利其民而厚其国也。……故礼也不必一道,而便国不必古。"很有水平。经过一场辩论,赵武灵王获得了元老派的支持,这才使胡服骑射推行开来,军队因此连战连捷,赵国疆土不断扩大,成为当时的强国。噫吁!世上一切改革都不容易,包括补裤裆。

溺绔虽然在赵国受到胡服的冲击,但在其他地方依然吃香,直到汉代,裤裆的官方地位才正式确立。汉昭帝的上官皇后,是朝廷重臣霍光的外孙女,霍光为了让她独得皇上宠幸,早生贵子,便想出了一个高招,以昭帝身体欠安为由,示意左右吁请皇上节欲,并把后宫佳丽的开裆裤全部改为"穷裤",即具有前后两裆的内裤。如此一来,皇上即便想和其他宫廷女子"交通",也不那么容易了。宫廷裤裆体制改革之后,合裆裤才逐渐流行开来,使得人们生活多了一些文明。这也算是歪打正着。

其实,要想固宠还有更简单的办法——把皇上的裤裆缝起来。

鞋的故事

◎阿成

球鞋

我喜欢看录像。

当然看录像不全是为了受教育,为了提高自己爱祖国、爱人民、爱劳动、爱科学、爱社会主义的"五爱"水平。比较多的时候,是消磨时间。

有人看我坐在那里整天整夜地看录像(间或还做笔记),不了解的,以为我要竞选北京电影学院的院长呢,了解的,知道我那是没啥事儿。

时间的难捱,对一小部分人来说,是十分痛苦又难以启齿的事。

在"消磨时间"的日子里,我曾在一部美国片子中,看到一个与电影内容几乎无关的"闲"镜头。我感动了。那是在院子里,一个长长的木案上摆满了旧皮鞋——是让旧鞋们晒晒太阳。富商艾白见他的客人"鹰上校"(将被他雇用的杀手)在注意那些鞋,便说:"其实,鞋子的故事很长。"

我立刻意识到,这是一个重感情的编剧。我深信,这个"细节"是由于编剧的坚持才拍进影片的。我们知道,某些导演,更多的是注意镜头的运用,有意识地简化故事的复杂性和人物的丰富性。因此能对编剧做出这样让步的导演,显然是一位准大师级的导演。

总之,这个鞋子的镜头引起了我的兴趣,并引起我要讲一个有关鞋的故事。

我是刚刚从小学升入初中时,接到大哥寄来的邮包的。

我从小学上初中是比较容易的。那时刚好开始施行初中普及教育。一个萝卜顶一个坑,我就顺理成章地成了一名初中生。当时我大哥已经是"八一"篮球队的队员了。他的身高是1.93米。有这样的身高,即使是不在"八一"队效力,也应当在别的什么篮球队打球。当初入选国家级篮球队,身高很重要,而且是很原则性的一条标准。至于个人技术,如投球呀,三步篮哪,假动作过人哪,盖帽啊,练一练就行了。在那个年代,我国似乎还没有在国际篮坛上特别出类拔萃的、有创造力的运动员。那时是各过各的,感觉有一点点封闭。当然也没有耐克鞋,打篮球只能穿那种老式的"回力"牌球鞋。

然而这种回力球鞋在那个时代的人们的眼里是相当高级、相当漂亮的。一种是蓝色的,一种是白色的。白色的更受欢迎。很多年轻人都渴望自己能拥有一双这样的鞋。我记得这种高级回力球鞋卖十二块钱一双。当时一斤猪肉才四角五分钱。一个熘肉段也只五毛钱,有虾仁紫菜、蘑菇、肉丁的大碗馄饨一角一分。茅台酒八元一瓶。买得起这种鞋的人该是多么可疑啊。

在家里,我排行老三。在这个经济上捉襟见肘的家庭里,父母的智慧当然都要倾注到应付尴尬的日子上去。

鞋的接力式使用,便是其中的一款。

新鞋都是给大哥。个子疯长的大哥穿小了,给二哥。二哥长的速度也可以,读初中时已经是 1.80 米的个子了。他穿小了,再甩给我。我接过来,反复地掂量在手中,那已经是一双极破的、让人愤怒的鞋了。

但我不具备愤怒的资格。那个时代,不允许孩子愤怒。孩子们唱"让我们荡起双桨,小船儿推开波浪"可以。

我只能忍耐。打,我打不过他们。动眉动眼地讽刺,又不太会,而且知识储备也不足。争呢,又没有理论上和经济上的支持。可以这样说,我整个的儿童与少年时代,是在鞋的屈辱与愤怒之中度过的。

我天天都要穿大哥、二哥淘汰下来的那种破鞋上学下学,参加少先队的活动。我只有特别地没心没肺,才能忘掉它带给我的屈辱。

有时候,我独自坐在阳光灿烂的校园的栅栏那儿(校园的周围都是粗壮高大的杨树),看着露出了几只脚趾的破鞋,自己抽过自己的耳光。

我觉得自己的一生是无能的一生。

一次上作文课,老师写在黑板上的题目是"我的理想"。我只写了一句话:我没有理想。老师因此扯了我的耳朵。即使老师扯了我的耳朵,我也没有什么理想。这一点我是诚实的。有人说,穷则思变。这不一定。有时候,穷的时间太漫长了,怎么"思"也变不了,于是就不"思"了。

我意外地有了那双新球鞋,是在一个极其敏感的季节里。记得只要风轻轻地一过,树上就要落下许许多多的叶子来。而且已经出现了雨雪交加的天气了。

学校收发室的老头告诉我,有我的一张邮局包裹单。看老人家的样子,似乎有点妒忌我。那时候,大多数中国人都没有接到过邮局的包裹单和汇票。

好几个同学陪我一同去邮局取的包裹。他们是想体验一下取包裹的滋味和打开包裹时的心情。这是一个来自远方的秘密,是一首带翅膀的诗啊。

包裹是大哥从"八一"队寄来的。里面是一双一次也没穿过的、崭新的、白色的"回力"球鞋。而且鞋的大小正合我的脚。

拿回家来,除了母亲和妹妹,二哥和父亲都想试试,他们带着野蛮的表情使劲地穿。

我在一旁不动声色地看着。我现在也常这么不动声色地看一些事和"表演"。

二哥和父亲都失败了,他们穿不了。

看来只能我先穿。

他们嘟嘟囔囔地觉得这不公平。

这双球鞋是"八一"篮球队发给大哥的(当然不止发一双)。我后来去过"八一"队的训练基地。那里全是大号鞋,像船一样。我想,大哥是特意要了一双小号的、适合他弟弟穿的鞋。他对发鞋的人提出了这样破格的要求,不知道对方用什么样的眼光看他,又是怎样答应了他的。

专业篮球队发的球鞋同一般的高级回力牌球鞋还不一样,它是鞋厂专门给运动员制作的,是真正的高级,拿在手中感觉特别轻。个中特点,倾心于体育运动的人一眼就能看出来。大哥把它节省下来,寄给了我。

看来大哥是一个有心人。有心人是多么令人感动啊。

拥有了这双球鞋,我逐渐地有了一种不可名状的理想了。

首先,开始喜欢篮球运动了。在球场上,穿着这双高级球鞋比赛,我尽量地表现出一种明星运动员的风范,因此打球的动作有点夸张和变形,投篮的命中率也不高。我摇头表示遗憾,观众也遗憾——大家都喜欢我脚上的白色的回力球鞋。

毕竟有了这样打球的基础,几年以后,我成了另一所职业学校篮球队的队员,并和女队的一个队员恋爱了,彼此比较频繁地写了许多封情信,后来结婚了。

由于脚上突然出现了这双很特别的球鞋,我意外地发现,同桌的女同学也对我有了某种好感。她曾几次颇关爱地对我说,一定得干净点儿穿啊。

我说,哎。

那个女同学有一双长长的辫子。现在的女孩子没有辫子了,都改成疯子头了,乱乱的,湿湿的,好像刚打完很粗俗的群架似的。后来这个大辫子女同学偷偷给我一张纸条。她非常聪明,上面什么也没写。我看了特别激动。

从那以后,我开始对自己有信心了。是啊,我不再是一个无能者了。

记得那是一个雨雪交加的天气……

很洋气的哈尔滨,在春天或者秋天常有这种雨雪交加的天气。走起路来,很脏的,很吃力,而且冻手。与哈尔滨极为相像的俄罗斯的远东地区也是这样,白桦林、木房子、狗、雨雪交加的泥泞土路等等。我觉得那是一个容易产生油画家、诗人、钢琴家以及爱情的天气。

就是那天的上午,女同学约我下午到她家去玩。这个女同学就特别喜欢画画和写诗。我也多多少少有一点点这方面的爱好。我写了一首,打算下午给她。诗是这样的:但愿共同的爱好，能变成一只小船，载着我们，驶向幸福的彼岸。

中午回家吃饭的时候，我发现父亲也在家。他在家里写材料。他的工作就是给领导写材料。所以他常在家里写。这样静一些。我认为那是一份很窝囊的工作。有道是：挖菜窖，蹲小号，戴绿帽子，写材料。四大窝囊嘛。

记得中午吃的是高粱米饭，蒸的咸菜。我没吃咸菜。我知道那种咸菜的味儿很重，带着这样一种气味去女同学家，同她面对面地讲诗一样的语言不太好。

父亲一边吃一边观察我。

难道从我的表情上能看出来我将要去干什么吗？

父亲很喜欢观察人。他几乎观察了一生了，遗憾的是，他还是个写材料的。看来，一个人想有所"进步"，光一味地观察还是不够的，还应当采取行动才对。可我父亲却是一个观察的巨人，行动的矮子。

我小心翼翼地吃完高粱米饭，并把碗吃得很干净，光光的，一个残留的饭粒也没有，免得父亲找毛病。父亲喜欢找毛病。估计他的领导也总找他的毛病，病句呀，标点啊，没跟上头的精神合拍呀，等等。所以他喜欢找我的毛病。我找谁的毛病呢？只能找那些服务态度不好的售货员的毛病，或者像孟子那样找自己的毛病。

我之所以在父亲面前那样小心翼翼的，目的就是想在约会之前，营造一个好环境与气氛。

我撂下筷子刚要走。

父亲突然说，把白球鞋脱下来。外面这雨雪天都穿脏了。换一双旧鞋吧。

我看着父亲没动。我受打击了，而且是意外的打击。我还是个孩子,我不知道怎样应付这种突如其来的打击。

父亲看着我愣愣地呆立在那里,喝道:脱下来!

二哥在一边偷偷地笑。

我脱下来了,眼睛里的确是含着泪水。

我觉得,看穿了我的心思的父亲是在玩弄我的感情,以此作为写那种枯燥的、屁话连篇的材料之后的"休息"。

看来,那种材料写多了,人就异化了。

那天下午我没去那个女同学家。我穿着那双大哥和二哥穿过的破鞋,在泥泞的、雨雪交加的路上走了一下午。

后来,肚子饿了,加上中午没吃咸菜,体内可能是少一种盐分的支撑,而且天上下的不再是雨和雪了,而是纯雪了,开始冻人了,手指甲都冻白了。我不得不回家了。我不回家还能上哪去呢?

回来我就感冒发烧了。

二哥给了我一种翠绿色的植物,让我吃,说是可以治感冒消炎。我只吃了一小截,结果苦得我头皮发麻,它比黄连还苦。我开始呕吐,吐出的竟是翠绿与鲜红的混合物。

我真的很无能啊。

……

一直到今天我也没问大哥,当年他为什么给我寄那双回力球鞋。其实我们兄弟常聚,老婆孩子的,但从来没提起过这件事。

夹皮鞋

在参加工作之前,我没穿过皮鞋。在我上小学三年级的时候，从北京出差回来的父亲，竟然买回一双高腰的翻毛皮鞋，给我大哥。

这是一件令人费解的事情。我们兄弟分析，有可能是一同出差的领导建议他买的，他一个当干事的，只好咬牙买了。

遗憾的是，后来这双翻毛皮鞋被浪费掉了。父亲当初把这双鞋给大哥的时候，就告诫他，这双鞋只能过旧历年穿，平时绝对不准。

结果，这双鞋由于价格低廉，质量差，加上环境潮湿，在存放中很严重地走形了，损坏了，像爆米花一样地爆开了。

父亲说，唉，唉，确实不能穿了。

我母亲没吱声。在我母亲的眼里，男人从来是一个错误接一个错误地犯，而且还喜欢强词夺理，故作轻松。

父亲说不能穿了，就是真的不能穿了。在家庭里，父亲的感觉才能称其为感觉，我们感觉等于什么也没有。我想这都是父亲从单位的领导身上学来的吧。

夹皮鞋的故事，跟我的工作有关。我的工作，是驾驶无轨电车。

电车公司每年的冬季，照例要发给我们这些司机工作服、鞋和手套。这些均属户外作业职工的劳动保护用品。黑龙江不像昆明和福建，黑龙江的寒冷期几乎占全年的一半。而且春天和秋天都可以合到冬天里算作寒冷期。春雪和秋雪，在黑龙江是司空见惯的事。整个黑龙江大地和这一辽阔大地上的各个城市都是白茫茫一片。因此一定要发御寒的劳动保护用品给开车的司机。

当初，天下雪了，市政府并不号召市民出来清雪。雪就那么自自然然地覆盖在城市的每一条街道上。横看竖看，都像个冬天的样子,有一种说不出的魅力,神奇得很。

当初走在雪路上的市民,差不多都穿着那种胶皮乌拉。女人则穿着棉布鞋。穿皮鞋的,踩在雪地上嘎吱嘎吱响的,应该是领导。就是艺术家也穿胶皮乌拉。不同的是,艺术家大都光着头不戴棉帽子就是了。

无轨电车公司发给我们司机的鞋,都是"大头鞋",样子非常蠢,难看极了,配上沙毛的"皮大哈",然后扑向泊在雪地上的一台台无轨电车,俨然一群从威虎山下来的土匪。

不过,这种大头鞋却非常暖和,非常结实,适合户外作业的司机穿用。组织上之所以发给司机们这种鞋是有考虑的,研究过的。要命的是,我们这些刚刚从交通学校毕业的学生,都是些十八九岁的年轻人。每个人正在青春的旋涡里激荡着,与不同的女性组合着哪。这种状态的年轻人,怎么可以穿这种难看的鞋去谈恋爱、轧马路呢?

那些已过了青春期的中年司机悄悄地提示我们,可以把大头鞋送到寄卖店卖了,然后,加一点点钱,买皮鞋穿。

呀,这是一个多么聪明的建议啊。

收购大头鞋的寄卖店,在道里区的外国十三道街。

哈尔滨有不少街道都是按照这种数码排列的。因为极早的时候,哈尔滨还是一座殖民城市。洋人很多。在城市里常见中国几道街,外国几道街的数码标志。现在一些欧洲、美洲国家的城市街道还是用"第一大道"、"第五大街"那样的数码排列。我国大都不用数码排街,而是题街名,像安丰街、理治街等等。找起来不好找,记也不好记,没有顺序感和方向感。听说,由于这样的原因,城市里还出现过杀错人的事呢。

外国十三道街上的寄卖店,是公安局的一个"点儿"。这很正常。有城市就有犯罪。只是昔日的犯罪,没像今天这么严重。而且罪犯大多是一些工人和城市平民,杀人的事极少,多是偷一双鞋,窃一顶滑稽的帽子,或者盗一个工具之类。那时的干部极少犯罪,也可以说没有。干部主要的职责是教育别人。这与今天多多少少有一点变化了。

我们这些青年司机,是正常卖大头鞋,不是犯罪,是允许的。当时许多市民都在那里寄卖各种物品,像旧家电,死者的衣服,裤子,衬衣,鞋,棉袜子,等等。公安局也寄卖一些缴获的赃物。价格都很便宜。物品也很丰富。去那里卖东西或者买东西,没人瞧不起你。只是偶尔的时候,由于你气喘吁吁,因为害羞而脸红,或者由于初涉此地,内心紧张而表面上故作轻松,突然放声大笑时,售货员会用怀疑的眼神瞧瞧你,看看你是不是罪犯。不是,态度也就变了。当然也别指望变得太好,也没必要变得太好。

只有特别敏感的人,进出那里才感到是一种污辱。

新大头鞋在寄卖店能卖八块钱。都是这个价,所谓言无二价。没有讨价还价的。喜欢讨价还价的人,在那个年代属于品德不好的人。

那时的八块钱也很可以了。可以买七斤猪肉,两双新布鞋,请四个人的客,或者买一瓶半斤装的茅台。

我也卖了八块钱。

旋即,我看好了另一双摆在柜台上寄卖的夹皮鞋,也卖八块钱。样子还挺可以的,不算太旧。我试了试,哟,合脚。就成交了。

同宿舍的几个年轻人也都在寄卖店卖了新大头鞋,买了旧皮鞋。

在那些寄卖的旧皮鞋当中,我的那双可以说是最不错的。细闻时,只是有一股淡淡的咸鱼味儿。另外在鞋牙子处,有一点点血迹,用鞋油一蹭,就好了。但时间长了,还是能显露出来。

　　我猜不出这双皮鞋原来的主人出了什么事,他是活着还是死了。有点神秘的是,这双夹皮鞋的主人常在我的梦中出现,我始终看不清他的脸,像蒙了水雾似的,听不清他絮絮叨叨地在说些什么。但我依稀地感觉到他很有风度。

　　要知道,每一双旧鞋都曾拖带着一个灵魂啊。

　　其实,人类是很看重鞋的。

　　记得有一年,我在北京的王府井大街闲逛,是盛夏时节。很多人都在大街的瓜摊那儿吃西瓜,以为解暑,以为痛快。我看到一对外国夫妇和他们的女孩也在逛街。那个洋女孩穿着一双凉鞋,可能是不合脚的缘故,纵横在脚面上的拉带磨着那个女孩的脚。有趣儿的是,凡在磨脚的地方,女孩都贴上了橡皮膏,这样就可以防止磨脚了。就是说,宁可这样,也不换一双不磨脚的鞋。有的中国人看了觉得好笑。

　　但我能理解那位女孩子,这双鞋一定给她带来了好心情。

　　年前,我曾陪同一位领导去上海开会。会后,又转道去杭州看一看。文人嘛,就得到处去走一走,看一看,尽管没这笔古怪的费用。我发现那位不苟言笑的领导一直在商店寻着什么。

　　我问他,首长,您想买什么?

　　开始他不说话。我知道咋问也不说话是领导风度。后来他说了,他想买一双白色的皮鞋。

　　我就陪他到各个大商店走。但他始终也没买到称心的白色皮鞋。他绝望了。从他的表情上,我看到了失落感。

一度,我想就鞋的问题,跟他敞开心扉地聊一聊,但首长没给我聊天的那种气氛。

从寄卖店买了那双夹皮鞋的当天晚上,我就约了我的女朋友去华梅西餐厅吃饭,脚上就穿着那双被擦得油亮的夹皮鞋。

西餐厅很不错的。墙上有不少风景画。餐厅的桌子是长长的。一桌两个空碟子,放着刀、勺、叉。还有两个分别装着精盐末和胡椒粉的小方玻璃瓶。这个餐厅可以容纳三十人吃饭。

我们选了一个小方桌坐下来。

女朋友一直看我脚上的皮鞋。

那个来开菜单的女服务员也低头看。

那时候穿皮鞋的年轻人不多。外人容易以为我是省长的儿子。

在吃完西餐的当晚,站在雪雨交加的马路上,我第一次吻了我的女朋友——就是我现在的老婆。

她说,你穿上这双皮鞋,真帅。我想踩一脚,行吗?

平时,我就穿着这从寄卖店买回来的夹皮鞋开无轨电车。

我说过,哈尔滨是一座寒冷的城市。而且特别寒冷。再加上当时的无轨电车根本没有取暖设施,穿夹皮鞋在户外开车,迎着凛冽的西北风,迎着满天飞舞的大雪,脚都冻麻木了。每开到一站,便使劲地踩脚,暖和暖和。然后再开。开到下一站,又是一阵猛踩。

那些穿着从寄卖店买来的夹皮鞋的年轻司机,个个都是这样,开到一站了,猛踩。

那是一群多么可爱的年轻人哪。

擦皮鞋,也是这些青年司机的一大享受。

在单身宿舍,如果正好是明媚的夏天,几乎所有的年轻人都出来了,散坐在院子里擦皮鞋。

打上鞋油,然后用布猛蹭,直到雪亮照人。有时候老职工还过来指导一下我们怎样打皮鞋。经过老职工的指导,我们发现了,打皮鞋是一门艺术啊。

穿上被打得锃亮的皮鞋,走在街上,状态也不一样了。当时的城市行人很少,穿皮鞋很容易被人发现。那是一种美,一种滋润。不像现今,到处都是满满的人,谁在乎你的鞋呢?

一晃几十年过去了,现在,我经常主动地给老婆孩子打皮鞋。一双双的皮鞋被我打得锃亮,摆放在那里,看着她们一双双漫不经心地穿走了,我有一种满足感。

那双从寄卖店买回的夹皮鞋,我一直穿到结婚前。本打算结婚也穿这双鞋,打打油,我认为还可以,但父亲的一个朋友却觉得我脚上的这双皮鞋有点可疑(他也是个写材料的人)。

父亲的这位朋友,大抵算是一个不幸的人吧。年轻时,谈女朋友,一个也没谈成。都绝了!不过,他的确长得有点猥琐,总是那样偷偷地看人(估计是让领导吓的)。而且人又很邋遢,哪个女人能喜欢他呢?

但在他身上也有特殊的、闪光的地方。那就是他脚上的那双新近买的皮鞋,新新的,光可鉴人。这是可以引以为骄傲的地方吧。

他一直独身,下了班,经常到我家来。话并不多,或者说根本无话。让吃饭就吃饭,让喝酒就喝酒。开始的时候,父亲还陪他聊,后来,也就随便了。他坐到一定时间,就会自动站起来说,我走了。父亲照例会说,走啊。来吧。

……

我笑呵呵地对他说,叔,这鞋最早还是从寄卖店买的呢,花了八块钱……

他听了,拧死了眉头,并偷偷地瞟了我一眼,然后,弯下腰,吃力地脱下了他自己脚上的那双新皮鞋,说,结婚是大事啊,古人说,小登科嘛。来,咱俩换换吧,我这双皮鞋要比你的好……

我俩就换了。

父亲多少有点动情地说,那可是你叔的全部家当啊。

他穿着我那双夹皮鞋走了。

衣

衣装的枯河床

◎筱敏

    我不大能想象五四时代的街景，日出，日落，色彩光影，镀着历史之晕的人物，新新旧旧，影影绰绰在街景里出没。在那个个性解放的时代，色彩总是驳杂的，陈年规范既已崩裂，新的权威又没有生成。那时若在一个街角立着，想必终日总能看到可看的人物：衣装俨然明末遗民的，延续满清规矩的，蓄发的和剪发的，着马褂的和着洋装的……好几个时代错杂在一起。一个个意识初萌的时代，该是一个无所畏惧的时代，即便内心并不自由，也禁不住对自由的向往。新女性走过时更是好看。月白的半袖衫子，袖刚覆过肘关节，上窄下阔，利落而飘逸，衬以黑裙白袜，那是女学生。那种迥异于旗人的大大改革过了的旗袍，收了腰也收了摆的，穿起来是知识女性的韵致。那种叫作阴丹士林布的料子，名字听着像半文半白的味道，十六格黑白默片似的，旧中有几分新奇，我一直想不出这是怎么一种料子。还有全然欧式的，让人想起茶花女或娜拉，那长裙拖在粗鄙的中国街面上虽不大相宜，但恐怕她们就坚信那街面会改过来以适应她们优雅的裙吧，其天真和热情总是可钦敬的。

    那是一个革命的年代，我愿意生在那样的革命年代，更愿意少女时代逢着那样的革命年代，但这由不得我来选，我逢着的是另外一种革命。革命和革命可以是大异的。深处的事情看不明白，但若一个闲人同样在街角上立着，也总可以看出其面上的异样来。

二十世纪六十年代，我就是一个有闲立在街角的人。

与五四的张扬个人意识相反，六十年代这场"革命"，是"清剿"个人意识的。且不管如火如荼而来的是什么，衬得民居街景的，先就是一个"清剿"奇装异服的行动。

政权和政权也是大两样的，有一种政权可谓无微不至，从国家大计到小民信仰、财产、迁徙、受教育、家庭卫生、粮食定量……样样管到，比大小家庭的家长更操心，也更严密。衣装问题是直观的，直接表现了民众的精神面貌，自然不能无视。此前经过十七年的改造和整饬，街景已大体一统，没余下什么可称得上奇装异服的了。但呼啸而来的躁进的青少年们，总能找到建功立业的目标。我的一个玩伴，十一二岁的女孩子，就被一张大剪刀剪了裤管，说是那裤管太瘦，是资产阶级的牛仔裤。还有一个更小的玩伴，天生的鬈发，上街买酱油的时候也遭了"清剿"，结果啼哭着带了一片青头皮和半个酱油瓶回来。

那个"革命"年代，看着是狂风巨澜，山摇地动，其实内里的道德精神倒是极整饬的，一统的。狂风在外面刮，那是上天的力量，袭向个人的时候，只是巨大的碾轧力，人是向内蜷缩坍塌的，内心里流动的空间几乎没有。即便是创造自己的贴身环境——衣装，这也需要一些自由的精神。我们自幼住在群体的精神环境里，各人是一无所有的，因之也没有各人的衣装可住，我们只住在群体的衣装里。

衣装体现的是一种时代精神，在那个时代就是一统，粗陋,简朴,呆滞,"要武"。日常生活是单一的,没有什么自娱娱人的点缀可言,衣服自然也去除了一切点缀。物质的匮乏固然是一个原因,但早先也有过更匮乏的时候。同样的三尺棉布,不同的人自能裁剪出不同的精神,然而那时每个人都惧怕成为与别人不同的人。

　　青少年最时尚的衣装是旧军装,这是一个社会等级的标志,有贵族一样的优越感。女式军装数量较少,便有将男式的衣领口袋变化一下,改为女式的,更多的女孩子直接就穿男装。军装的好处是有腰身,便是男式的,腰部也收进去,女孩子穿在身上,就能见出一些起伏。那年月穿的衣服哪有这样的特权,都是宽大平直,直上直下的,灰灰蓝蓝一街的布袋子。军装既是某个特殊等级的什物,自然不是人人可得的,于是市面上造出某种替代,有一种似黄似绿的布料摆出来,并不论购者身份,于是平民少年就有了仿制品。但即便裁剪如何高超精巧,仿制品还是一眼可看穿的,那实在比时下假冒国际名牌更难,因为人们对那真品看得太熟,有一种疾痛的感应。

　　洋学者研究中国"文革",有用"力比多"立论的,仿佛青少年的狂热是为性欲所驱使。看着新鲜,但明了亦难。我站在街角,只觉得那像是个消灭了性别的时代,至少外表的区别消灭得差不多了。稍大一些,才知道内里的界限——尤其是那被称为道德的界限,其实更是森严。上帝也喜欢浑蒙不开的纯正男女,如此才能保证对他的忠诚。往下的各种教主,自然更是。渎神的时代才有那些乱乱的个人意识,其中包括性意识。而二十世纪六十年代的中国,是尊奉唯一神的。

　　裙子自然是消灭了,非常彻底,三四岁的小女孩也不着那提示性别的东西,除非是上舞台去扮演少数民族歌颂领袖恩深似海，这种美丽的机会就成了几乎每个女孩子都羡慕的事。印花布也少见。虽说是红色年代，但要扯块红布做件红罩衫，却太扎眼，舞台上的女英雄能穿，市井小民怕是不敢穿出去的。连少女、女性这一类的词都沾着资产阶级气味，说不出口。女子标准的形象除了旧军装加红袖章的红卫兵小将，就是领袖为之题过照的女民兵。粗壮，也粗糙，配以枪和子弹带，一律同仇敌忾的神色，曰"飒爽英姿"。

女孩子的发式最是单一，九百六十万平方公里上下，一色的两根短辫子。五十年代流行过的那种能像垂柳摆来摆去的长辫子，一下子缩到肩膀以上，扎起来辫梢成了两把硬刷子，身板像是跟着也硬了。但把人削成一律，似乎也难。就是这些单一的短辫子，三五寸的天地，女孩子们还是能变出花样来。编织得或高或低，或松或紧，或靠前贴着耳际，或靠后双双并起，都是可以用心的，甚至可以从这微小的不同看出其所属的阶层，各异的生活环境。发饰当然没有，就在两根橡皮筋上变化，用红毛线缠一缠，用绿毛线缠一缠，正当的理由是缠裹了的橡皮筋耐用，要把这样的理由说出来，委实堪怜。

鞋的时尚是方口黑布鞋，白塑料底，形是老旧的手纳布底的形，质料却大异，是工业时代的廉价制作，黑平绒和黑灯芯绒的鞋面，以产自北京的为正宗。所以一旦有人赴京，要务便是拜托买鞋，须有小本子记下一长串尺码。从少女到中老年妇女，它适合任何年龄、任何身份，也唯它具有如此这般的普适性。如果有人专做此类贩运，想是不差的谋生之道，但那时的人没有这类意识。印象中商店里好几年没有卖皮鞋的，不知原来的皮鞋厂都改行干什么去了。原有的东西，甚至已经习惯的东西，从生活中抹去，并不需要怎么惊动人心，抹去就

衣

抹去了,往往总是悄没声的,墙角的叹息恐怕也有,但到底抵不住新的时尚所闹出的动静。到了七十年代的某一天,一个同伴喜悦非常地带我到一个老街角去,看一位重又出现的老鞋匠,像探一个不敢声张的秘密。一个窄而深的门洞,直通一道直而陡的木楼梯,楼梯通往这老屋必然通往的黑处。鞋匠该是个中年人,家累颇重的那种,在我们眼里已很老了。他坐在第一级木楼梯上,神色有些躲闪,腿上摊一块脏布,手里裁的是做襻带的牛皮,门槛上摆着一双半成品女鞋,真是光彩照人。同伴和我蹲在那里跟他商议了很久:做一双女鞋,照北京布鞋的样子,但鞋头不要那么方,小巧的,有一点儿圆,鞋底不要全平,要半高跟,两公分?两公分半?倒像在密谋一桩越轨之举。

　　无论冬衣夏裳,要点都是一个,从众,庸常,不要从人群中突显出来。在不断强化的群体革命中,融入群体才是安全的。衣装的颜色,可选择的余地极小,连描述颜色的词汇也大为萎缩了,荒弃了,一如那个时代简单严冷的精神。就是细节上也难得放纵一下,并没有命令,人们内心里就是那么紧着。

　　母亲给我做一件小棉衣,大约是为保暖的缘故,领子已经依惯例做成中式立领了,我看着就生出幻想,央求母亲给我打盘花扣。我见过箱底压着母亲从前穿过的旗袍,无论花色还是扣子都漂亮得让人歆羡。母亲见我磨在那里,眼巴巴的,就拿一个布条打给我看。她的手原是粗糙的,但此时却突然变得纤巧,上下翻动着有如风中玉兰,布条绕出许多回环,环环相套。不知怎么一来,一个奇妙的盘花扣就在母亲手里变出来了。然而母亲并不往棉衣上缝.却随手拿起锥子来又要拆掉。我忙拦住说,棉衣外面还有罩衫,罩上了反正别人看不

146

见，我就自己在家里看看。但母亲不为所动，最终给我的小棉衣钉上几粒毫无趣味的金属揿钮了事。

衣衫不能复古，又没有出新的路可走，便只能在翻领上寻一点儿变化。领口的高度是关乎道德的，在那里没有松动的可能，就是在一致的高度上，方领变圆领，尖领变平领。每一点儿小变化都能给我们一阵惊喜，给干枯的日子滴上星点水沫。衣料的单一简陋，也使这仅有的小花样失色，那些领子很快就走了形，皱起卷起，回到彼此相仿的人堆里。一次见一女子经过，挺拔而有些殊异的样子，一扫街景的晦暗。定睛看去，就见着她脖颈上露出的衬衫领子是挺括的。过许多日子再遇见，真切地见着那领子依然非同寻常地挺括。这就成了我们的话题，最终得出的结论是粉浆浆过的。那种年月如此用心收拾自己，也不是常人能为的，况且要抵得住人们的盯视，更不易为，自然就难见仿效者。直至七十年代，有了一种不易起皱的叫做"的确良"的化纤衣料面世，方如久旱甘霖，抚慰了一下衣装的梦想。

棉衣的匮乏多年不变，人们也就视为当然。城市居民每人每年的限量是一丈三尺六寸，做一套成人衣服，就要侵占到家人的定量。假如要添一条被套或床单，必得减免了衣衫毛巾等一切棉织品，逐年积攒。想法把日子维持下去颇需心智，我母亲能把二指宽的碎布头收集起来，把它们剪成小三角或小方块，就着花色和形状拼接成片，做成枕套甚至被面。街市上一旦出现一种叫作"人造棉"的衣料，就会造成争购的长阵，因为那不是棉织物，可以打折甚至免收布票的。"人造棉"即使在新的时候也是不成型的，怕是粉浆也拿它没办法。倒是做成裤子还能见出好处，软，坠，好些女孩子就把它做得宽宽

衣装的枯河床

147

衣

的，风吹起来自觉有点儿飘逸的意思。还有一种衣料挺特别，是一种化肥口袋，据说是进口的，国人怎能用这样奢侈的口袋盛化肥呢？尼龙质地，虽薄却非常结实。有些门道的人就弄来用蓝黑染料染染，做衣料用。却是怎样的染料也压不住口袋上原本的字样，行人中不时见到腿上印了"尿素"两个大字在街上走的，就是着了这种裤子。

后来看到一位诗人的一句诗"烟囱喷吐着灰烬般的人群"，觉得很实在，街景就是灰烬的街景。上帝说——要有光！那是因为他以为他的创世总有美好的东西该让人看见，如果只是灰烬，光的有无倒并不要紧。只是有时心有不甘，总想从灰烬中看出些什么来，从灰烬中萌生出什么来。

生活缠箍人的想象能力，不长花叶只在萎缩。与此同时外面的世界是怎样的景色，我们像先天失明者，是没有能力想象的。七十年代革命热情退潮，有一些外国小说在私下里传着看，那位俄罗斯少女冬妮娅的水手裙服简直让人心旌动摇。只这一点点美的梦想，就足以催生不满和叛逆之心，可见秦火虽然暴烈，要维持长效也难。

后来有了朝鲜电影，故事多牵缠感恩和教化，意思不大，就是喜欢看那些朝鲜姑娘花红柳绿地在银幕上晃。最揪心的是一个姑娘蹲下掉在地上的苹果，那条美丽绝伦的绿长裙竟生生拖到果园的泥地上了，那泥地看着还像是湿的。还有一句台词也让人神往，并因神往而对自身生活现实心生怨怼。不记得哪部片子，总之是一名领导者豪迈地说：为了生活得更美丽，我们还要建造多少多少个"维呢纶"厂，街景里多少点缀了几朵化学纤维的花，感恩之情总能抑止许多自由的渴望吧。慈父般的专制，至今还是国人相当普遍的理想，这是站惯了的阿桂们祖祖辈辈传承下来的理想。

记得十多年前偶尔走在北方的土地,屡屡遭遇的枯涸河床令人心惊。站在某城中一座阔大的桥面上,听人指了脚下的卵石滩说,从前这河水很盛,丰水时节甚至会漫上街面来,自从那场劈山造田改天换地的运动以后,河就枯了,老人们说是水脉给挖断了。驱车百里,再越过一川枯涸的石滩,又听得人说,那部革命小说《黎明的河边》所写的就是这条河,革命者在河边饮马,迎面是波浪宽阔……我不知道这些是否还能叫作河,正如不知道我少年时期所遭遇的那场"革命"是否还能叫革命。生命在这样的河床流过,即如流沙一般,也有一些细碎的声响,却全是干枯的,与汩汩的水流声不能比。

《1984》和《我们》中,都有对衣装的描述,不过因其乏味很少引人注意。看了这些文字,就明白类似"唯一国"那样的统治,是需要统治到生活最微末之处的。假如留下一个贴身的环境——衣装——可以放任个人,谁又知道在饮过那一掬水之后,人又会怎么长?

衣

婉约的丝绸

◎于颖俐

一袭宽大纯黑的真丝连衣裙,胸前印有一京戏老生脸谱,一花旦娇美面容,一把京胡斜倚着写意的戏台和云纹,京戏独有的音韵便从丝绸的质地里流出来。三年前在北京前门外丝绸老号谦祥益,偶然看见衣架上垂挂着这么一件彩绘丝裙,忍不住爱意泉涌。

找不到一种合适的事物比拟它的黑,只感到为它黑出来的美所震撼。也许这黑正如若干年前看过的电影《黑美人》中那匹黑马的鬃毛,透着神性的光彩;也许像南非祖鲁族少女的肌肤,黑得干净,黑得雨水般光滑;或者像煤晶,像墨玉,像深不见底的水潭。总之,这黑有一种诱惑力,轻薄的质感,幽冥的光泽,仿佛脆薄的夜色中裹着呼之欲出的黎明,直叫你不管不顾地朝着它走去。我在试衣间里对着镜子试穿这裙子。老实说,我不适合它。它应该属于那种雍容华贵有着东方古典神韵的美人儿,肤如凝脂,目光迷离,温柔无骨,能有猫一样的慵懒最好。然则,除了显而易见的清瘦,美人坯子的诸般造化俱与我无缘。在一个闪念中我却决定买下它,只为了喜欢,只为了想让心爱之物成为贴身之物。这许是人的天性使然吧,好的事物总能调动人的占有欲。好在我的钱袋总算付得起它不太昂贵的价钱。

回到家中再度试穿，站在镜前左右端详，或赤脚在楸木地板上走来走去，衣裙的飘逸如同向身体里注入了灵气，一时间感觉自己仿佛变成了一只硕大的黑蝶，欲飞欲舞。此等娇贵的衣料断然不可一屁股坐在沙发上，试过了，按原有的折痕小心折腾起来放进衣柜。如此这般，一个夏季不知折腾了多少回，竟一次也没将它穿到户外去。第二年，第三年，无不如此。我真是在作践它了。我不配拥有它，就像武大不配拥有潘氏，让它为我白白地耗着青春。我担心我的私念会使它有一天也像从古墓里挖掘出来的丝绸残片，失去生气且散发出岁月的霉味。悔不该当初一念之差将它据为己有，可此时若让我将其送与他人，却无论如何也舍不得，这一点也很武大，小气且不可救药地迂腐。

　　因这美丽的丝裙，我在夏季里无数次不由自主地爱着丝绸，爱着一切与丝绸有关或与丝绸相类的事物。爱着草叶间的飞蛾，尽管它们的样子有些笨拙和丑陋，不像蝴蝶那样美艳空灵，想着它们短得不能再短的生命和爱情，想着它们在草叶上安置好宝贝的卵儿，然后会在某个黄昏安静地死去，就像伍尔芙在《蛾之死》中所描绘的，死亡"那么宏大的力量摧毁那么卑微的对手"，我的心脏禁不住也要像它们的脚爪一样抽搐了。

　　死亡是一种终结，但在桑蚕蛾那里又似乎只是生命形态转换中的一个环节，它们留下来的卵儿用不了多久就会孵化出蚕，蚕以桑叶为食，饱食后倒头大睡，在梦中变成挥舞长袖的飞天，谁说那长袖不是扯不断理还乱的情思(丝)呢。"春蚕到死丝方尽"，事实上，春蚕并未真的死去，它的灵魂转化成蛹,蛹像个得道高僧,圆寂后羽化成仙——复活了那曾经死去的蛾,并重新获得短暂然却全新的生命。一串多么圆满的珠链啊!难怪人类也会梦想六世轮回,哪怕中间的一环是草木、是畜狗;难怪《梁祝》的旋律经久不衰,在古人、在今人的梦中,在二胡,在小提琴的弦上,千回百转。

只是,谁能确信人类真的有过转世之说呢?即使是那些苦行僧们,谁真的见过他们推开隔世的门重新回到人世中来呢?人到底只能一生一世。而人的伟大在于,总能想方设法把生命、梦想、爱寄托在别种事物之上,使灵性得以随着时间恒久地流传下去。比如丝绸,我固执地以为,这纯粹是人类在蚕的生命以外延续的一个人性化的华章,在"蚕的外史"里,在丝绸细密的纹理中写着的满是人类自己的故事。

那创造了丝绸的始祖——就当她真是嫘祖好了。传说是黄帝的妃子嫘祖从天庭取来了蚕种和桑苗,从此人间才有了植桑养蚕、缫丝织绸的手工业。不过,以我的想象,完全可以杜撰另一个版本。遥想远古时代,一位以兽皮、芭蕉叶遮身,或顶多穿件简单、粗糙的葛麻布衣的女人,当她在山林里采摘野果的时候,偶然发现一只蚕茧,她好奇地捡起来,像剥果壳一样剥那茧的外壳,指尖意外地勾起一根丝线,丝线在阳光下闪着奇异的光彩,它柔软而富有弹性,不知比葛藤的纤维好上多少倍。何不试试用这细柔的丝线织布呢?意外的发现令女人欣喜若狂,在此之前,她或许也试过用蜘蛛网遮挡丰满的胸部吧,却遗憾没能成功地把蜘蛛网从树上摘下来。

有了对蚕和蚕丝的认识,丝绸从此在女人的纤纤素手中开始了"衣被天下"的历史。而后,你会在古代文学史的长廊中不时地看见丝绸的影子。"氓之蚩蚩，抱布贸丝"，这个在集市上穿街走巷，以买丝为名与女孩私订终身的男子，你在《诗经》中一定早就认识他了；紧跟着走过来的是《陌上桑》里可伶可俐的采桑女罗敷，"青丝为笼系，桂枝为笼钩。……缃绮为下裙，紫绮为上襦。"仅凭这小家碧玉的穿戴和配饰，也可知晓丝绸在汉代有多么昌盛；再看这位自言在婆家百般受气的小吏之妻刘兰芝，天亮即起，梳洗打扮，准备登车回娘家了，"著我绣夹裙，事事四五通。足下蹑丝履，头上玳瑁光。"这少妇不光穿着细绢衣裙，连鞋子也是丝质的，可比今天的都市女性讲究多了。寻常百姓尚且与丝绸相亲相依，王公贵族自不待言。"三月三日天气新，长安水边多丽人。态浓意远淑且真，肌理细腻骨肉匀。绣罗衣裳照暮春，蹙金孔雀银麒麟。"以唐人的审美标准，绫罗绸缎与丰腴美人可谓相得益彰，倘那时也有时装模特，这贵妃娘娘定当被奉为织锦绸缎的形象代言人。顶有趣的是《琵琶行》中年老色衰的琵琶女，提起当年在京城大红大紫的演艺生涯，感慨坦言"五陵年少争缠头，一曲红绡不知数。"按当时习俗，歌女一曲唱罢，富家子弟便争先恐后为其献上精美的丝织品，这是不是有点像当今名歌星演唱会，狂热的 Fans 们忍不住跑上台去为偶像献上一束束鲜花。只是鲜花用不了多久就会枯萎，歌星们深谙此道，不等鲜花在怀里焐热又抛向观众席，讨得一个可亲可爱的好人缘。倘换成不计其数的丝帕、丝扇、丝巾、绣罗裙之类，真可开个铺子，或干脆拿到别人家的店里兑换些银子。

　　丝绸是中国先民们在农耕时期创下的奇迹。值得称道的是，古人在生产丝绸的过程中，也把对自然的爱和对宇宙的认

衣

知织进了丝绸的纹理中,从而创造了独特的丝绸艺术。在历代出土的丝绸残片中,通过纹样流变的对比,不难看出古老的丝绸文化发展的脉络。商代的丝织物是一片回纹绮;先秦时,回纹、菱形纹、水波纹、云雷纹以及成平面几何形的人物、动物渐成风格;汉代纹样多以鸟兽神人奔驰在藤蔓类植物或云气之间为题材;唐代流行的纹样是双鸟、双兽,且体现了"丰、肥、浓、艳"的审美观念;北宋开创了写生式的折枝花;元代丝织纹样中"波斯风味"渐浓,并在丝织物中大量用金;明清盛行的"妆花",无论是"落花流水游鱼",还是"龙凤缠枝芙蓉",均可谓富丽堂皇。

史书记载,早在汉代,张骞出使西域,沿途馈赠给在当时只有麻布和兽皮可穿的西域君主以华贵的丝绸织物,使得这些国家对古老的东方文明产生了极大兴趣,商人使者纷至沓来,于是就有了名噪天下的"丝绸之路"。

面对丝绸,我却总是试图从它那若隐若现的光泽里读出另外的东西。

比如恒久。自丝绸问世以来,不知经历过多少纤柔之手、粗糙之手,男人之手、女人之手;多少圣人的目光、贤达的目光,智者的目光、愚者的目光,从丝绸的上面滑过,就像燕翅从天空和水面上滑过一样,不留痕迹;多少男人、女人,上至达官显贵,下至平民百姓,当他们合上眼眸,告别人世之时,他们留恋身上或华丽或暗淡的丝绸,正如留恋西天的一抹云彩。每个个体的生命终将悄然远逝,哪怕山呼万岁的皇帝,总有尘埃落定之时,而丝绸,柔美的丝绸,缠绵悱恻的丝绸,轻薄如纸不抵箭镞的丝绸,仍在继续她的脚步,从一个朝代到另一个朝代,从一个时期进入另一个时期。当汉中马王堆出土的丝绸展现在今人面前,没有谁不为它的五彩缤纷唏嘘慨叹。人是多么渴望生命永恒啊,活着时没来得及享用的绫罗绸缎,希求在死后接着享用,于是就有了这华美的陪葬品,只叹那棺椁中人早已成了一堆不堪入目的骨骸,而丝绸依然是华美的丝绸。

比如大爱。我总是奇怪,丝绸与人的肌肤怎么有如此的亲和力,以至于当你抚摸丝绸时,仿佛在抚摸自己的第二层皮肤,那种细腻的质感无与伦比。想必蚕丝对人的亲近,始于蚕对自然的热爱吧。一条蚕的一生只有二十八天,这小小的精灵却吐出三千尺的丝线来回报自然的育化。当蚕丝织成丝绸,做成绸缎衣衫包裹人的躯体的时候,蚕丝也把人包裹进了自然之中,使身着丝绸的人总会有种强烈的回归自然的感觉。

比如婉约之美。在男耕妇织的年代,丝绸几乎出自女人之手。女人在织机上织出一匹匹柔软的丝绸的同时,也织进了女性的命运和似水柔情。至于那纯粹得如珍珠或月光般的光泽,正是古典宋词中欲说还休的婉约。事实上,丝绸又何尝不属于宋词呢?"小山重叠金明灭,鬓云欲度香腮雪。懒起画蛾眉,弄妆梳洗迟。照花前后镜,花面交相映,新贴绣罗襦,双双金鹧鸪。"丝绸的高贵、典雅,使穿着者总有一种贵族气质,而女人穿着丝绸更会多一份妙曼的风韵,尤其是近代出现的丝绸旗袍,简直就是东方美女的代名词,它独特的设计使女性的体态美达到了极致,丝绸体贴的质感更使玲珑有致的东方美人珠圆玉润。只可惜,当今中国女性的着装早已西化,走在大街上很难看见穿旗袍的女子了,即使偶然遇见,恐怕也是在婚宴上、酒楼里,或者是某种仪式上的礼仪小姐,她们包裹在旗袍里,像极了花瓶。现代生活中的女人没有谁愿意做花瓶,即使真做了花瓶,也忍不住那股毁灭欲,宁愿打碎自己给世界看。

比如香消玉殒。我历来不大使用这个成语,因为它多多少少带点宿命的意味,多多少少象征了悲剧的结局。想想蚕温软如玉的身子,便知蚕丝的娇柔几乎是命中注定的。蚕丝因柔而娇,因娇而贵,而世间娇贵之物总难逃毁灭的劫数,就像红颜难逃薄命。你若死心塌地爱上丝绸,就得心甘情愿当丝绸的奴仆,你捧着它呵护它,依着它顺着它,却还是会一不小心弄皱它。丝绸的善于起皱实实在在像极了美人的善变,那动不动就被吹皱的"一池春水",害得你只有伤心叹气的分儿。有一点却是肯定的,丝绸历来不缺少人爱,就像美人儿历来不缺少人疼一样。没办法,人的奴性也是铁定了的。最不忍看的是美艳的丝绸包裹美艳的女儿身,那惊艳之后留下的往往是淡淡的伤感。

我对丝绸的最初印象始于童年。记忆中,小时候家里唯一珍贵的东西是一件织锦缎幔子,幔幅呈金黄色,布满了一朵朵桃花雏菊,幔轴则是翠绿色,整个看起来古色古香,华丽无比。它是母亲的嫁妆,更是我们家的"镇柜之宝",通常都是包在包裹里,只在母亲整理柜中衣物时才拿出来展示。早年的乡下,幔子是平常人家必不可少的东西,因为房子空间有限,妯娌、婆媳同处一室,幔子在夜晚垂下来可起到软间壁的作用。女人生孩子的时候,月子里也会整日放下幔子防止产后受风。后来时兴大家庭分门立户,幔子就只剩下后一种功能了。母亲生小弟的时候,家里就挂着这顶幔子,我常淘气地把头伸进幔子里看刚出世的小弟,也好奇地看一眼身体仍然虚弱的母亲,母亲坐在幔子后面,幔子的光影罩住她的脸庞,一副幸福又富贵的样子。小弟满月后，这幔子就完成了它的使命，又被收进了柜子里。我十来岁的时候，母亲终于狠下心来，用它为我做了一件冬天穿的棉袄和一条夏天穿的裙子。这棉袄和裙子为我清贫的童年增添了童话般的幻丽色彩。很遗憾，后来母亲没有把它们留下来，当它们已破旧不堪的时候，又被剪成布片纳进了鞋底里。

　　长大后，第一次正经买的丝绸衣裳是件乳白色的真丝中式衬衫，立领，对襟，蝶形扣袢，很古典，很淑女。那时候我刚参加工作不久，这衬衫虽不很贵，却是我唯一贵重的衣物。我住在单身宿舍，一次将衬衫洗过后挂在公共水房里，不到半天的工夫，它竟不翼而飞了，让我心疼不已，连做梦也常梦见它。有一次我居然梦见它变成一大群白蝴蝶飞出水房的窗子，醒来时真就跑到水房去看，却连一只蝴蝶的影子也没看着。而那梦却十分真切，即使现在想起来依然生动逼真。

　　那以后我还买过若干丝质的东西，被面、丝巾、裙子、睡衣，甚至有一件在杭州买的乳白色毛加丝的风衣，它们都给过我体贴的感觉和美的享受。如今随着科技的发展，人类可用来制作服饰的面料越来越多，有时候走进一家丝绸专卖店倒像是进了古玩珍品店一样，欣赏的人多，购买的人少。

　　丝绸真要成为飞走的蝴蝶，离视线越来越远了。这也正是我珍爱这件黑色彩绘丝裙的原因，它不是为穿买的，而是为纪念丝绸本身买的，它包含了我全部的丝绸情结。

说"衣"

——古典文学札记二则

◎胡晓明

1

在中国文学的男女之词中,"衣"是出现频率最高的一个意象,其含义远远超出字典上的意义,成为传达情感的重要符号。我们先看《诗经》中的男女之辞。《诗经·郑风·子衿》云:"青青子衿,悠悠我心。纵我不往,子宁不嗣音?"女子不说她慕悦那读书的才子,只说那"青青子衿。"《郑风·出其东门》云:"出其东门,有女如云。虽则如云,匪我思存。缟巾綦巾,聊乐我员!"男子不说他渴想那娟洁的女子,只说那"缟衣綦巾"。"衣",都不仅仅是衣裳,且渗入了思恋对象特有的精神气质。恋情的进一步发展,便是少男少女的打情骂俏。《郑风·褰裳》云:"子惠思我,褰裳涉溱。子不思我,岂无他人?"女子说:你要想我,你就不要怕打湿你的衣裳。这是又大胆又含蓄的邀请的戏谑。《卫风·有狐》云:"有狐绥绥(朱熹:"绥绥,独行求匹之貌"),在彼淇梁,心之忧矣,之子无裳!"。女子的谑词中,把她想亲近的那男子比作小狐狸。她说:小狐狸,你在淇水岸上徘徊什么呢?我心里正为你发愁,没有人给你缝衣裳呢！言外之意,我能给你缝衣裳！打情骂俏的进一步发展,就是男子大胆地动手动脚。《召南·野有死麕》云:"野有死麕,白茅包之,有女怀春,吉士诱之。"接下来那怀春的女子说:"舒而脱脱兮,无感(撼)我帨(佩巾)兮！无使龙也吠!"依俞平伯先生解释,卒章三句乃含三层意思:"舒而脱脱兮"是若迎若拒;"无撼我帨兮"是"拒";"无使龙也吠"是"迎"。既不是如胡适说的一见吉士便全身入抱,亦不是如朱子说的见了强暴"凛然不可犯",可见"衣"之涵义妙哉!

接下来便是结婚,成家。于是男子总是要出外打仗,或者打工,而女子总是在家里思亲、怀远。于是"衣"更是传达情感的重要方式。《豳风·东山》,写一个打完仗回家的征人在途中唱道:"我徂东山,慆慆不归。我自来东,零雨其濛,"唱着唱着,想象在家的妻子正在缝制衣裳:"制彼裳衣,无事行枚",想象妻与他共同的心愿:穿上平民的衣裳。重返田园的生活。一旦家庭生活有什么变故,"衣"亦表达着变故中的感情。《邶风·绿衣》:"绿兮衣兮,绿衣黄里,心之忧之,曷维其已。"这一件绿色的夹衣,一针一线织进了亡妻的情意,衣犹在,人已逝。衣表达睹物怀人的哀情。由此可见,从初恋到悼亡,"衣"与男女之词确有着不解之缘。

后世诗歌中的男女之词,不断重复着,也不断丰富着"衣"的上述涵义,形成中国文学抒情传统的重要民族特色。如晏小山的名篇《临江仙》下阕:"记得小蘋初见,两重心字罗衣。琵琶弦上说相思。当时明月在,曾照彩云归。""心字罗衣"有两层意蕴:一是表明这是一个有着幽香气息的女子(心字香乃是一种熏衣的香料);再是表明诗人与这女子深情蜜意灵心相通("两重")。"衣"在这里是一个优美的隐语。牛希济名篇

《生查子》下阕:"语已多,情未了,回首犹重道。记得绿罗裙,处处怜芳草。"因为有她的"绿罗裙",处处的芳草都惹人爱怜了,这不仅写出了女子的神韵,而且写出了最魂牵梦萦的痴情。情到痴处,还有另一种表达方式,即宁愿化身为女性身上的衣。陶渊明《闲情赋》便是典型:"愿在衣而为领,承华首之余芳;悲罗襟之宵离,怨秋夜之未央。愿在裳而为带,束窈窕之纤身,嗟温凉之异气,或脱故而服新。"正如钱钟书分析的:"实事不遂,发无聊之极思,而虚想生焉,然即虚想果遂,仍难长好常圆,世界终归阙陷,十愿适成十悲,更透一层,禅家所谓'下转语'也。"小小的衣裳,竟传达如许缠绵深至而又复杂的感情! 陶潜的摹仿者,如刘希夷的《公子行》"愿作轻罗着细腰,愿为明镜分娇面";曹尔堪《南溪词·风入松》"恨杀轻罗胜我,时时贴细腰边";朱彝尊《临江仙》"爱他金小小,曾近玉纤纤",等,则仅仅发为无聊之极思,传达香艳的滥情事。

中国的男女之词,写到结婚以后的怀人、寄内之类情感,就真挚深淳得多了,这是中国情诗的特色。我们来看看寄内、怀人之作中,"衣"怎样成为一个重要的情感符号。《古诗十九首》中的"行行重行行"一篇,写女子思念远行异乡的情人,其中"相去日已远,衣带日以缓"一句,真是千古名句,千古绝唱。沈约说的"百日数旬,革带常应移孔",李商隐的"衣带无情有宽窄",柳永的"衣带渐宽终不悔",史达祖的"讳道相思,偷理绡裙,自惊腰衩"(《三姝媚》),都不如这一句来得真淳、自然。前人总评十九首"深衷浅貌,语短情长"、"千古之气,钟孕一时",正在这种地方了。汉乐府中有一首《艳歌行》,写两个流浪汉飘泊异乡:"翩翩堂前燕,冬藏夏来见。兄弟两三人,流宕在他县。"接下来发生了一个迫切的生活困难:衣服破了,谁来为他们缝补？"故衣当谁补，新衣当谁绽？赖得贤主人，览取为吾绽（绽）。"幸亏有好心的女主人，不仅一针一线缝合了衣衫，而且给了流浪汉最珍贵的女性的温情。接下来却出现了一个戏剧性的场面："夫婿从门来，斜柯西北眄。'语卿且勿眄，水清石自见。'""斜柯"，即斜视的样子。丈夫一回家，看见妻子为外乡人补衣，一下子吃醋了。我们了解了"衣"与男女之词的关系，读过了《诗经·卫风·狐绥》等诗，我们也就能理解丈夫的吃醋和妻子的辩白了。因为"衣"是家庭生活的符号，是男女亲情的媒介，于是，流浪汉听了女主人的辩白，也勾起了回家的心事："石见何累累，远行不如归！"这一首小诗，推人心之至情，写人性之微意，平平道出，如说家常，构想之妙，端在一个"衣"字上。

"一行书信千行泪，寒到君边衣到无？"（陈玉兰《寄夫》）。在怀乡、怀人诗中，"衣"可以充当书信的作用，是无字的家书。所以，唐代边塞诗中，如"日旰山西逢驿使，殷勤南北送征衣"之类的事情，非常普遍，成为特有的边塞民俗。而工诗的思妇会绣字传情，让"家书"长久贴着征人的身体。如《诗话总龟》上卷二十三载："唐会昌中，张睽防戎有功，勒留蕃徼十年。妻侯氏绣绵回文诗作龟形献进，曰：'……闻雁灯前修尺素，见霜心痛裂衣裳。开箱叠练先垂泪，拂杵调砧更断肠。绣作龟文献天子，愿教夫婿早还乡。'""天子"能否感动于这旧衣裳上绣出的诗歌呢？后来有宫女在制冬衣时绣进一首情诗，唐太宗知道后，恩准她与得到那件冬衣的战士成为夫妇。这或许表达了美好的愿望。唐人李商隐《悼伤后赴东蜀辟至散关遇雪》："剑外从军远。无家与寄衣。散关三尺雪，回梦旧鸳机。"乃是以温馨的家来反衬出凄凉的情怀。而宋人罗与之《寄衣

衣

曲》三首之二:"愁肠结欲断,边衣犹未成。寒窗剪刀落,疑是剑环声。"则是以残酷的战场来刺激思妇的心境。"衣"俨然穿针引线于心与物、情与景之间,尽管风格一清婉、一尖新。

"衣"表达女性的内心世界,丰富得不得了。如"罗衣不肯著,羞见绣鸳鸯"的伤心感触,"回针刺到双飞处,忆着征人泪数行"的飞魂雨泪,"欲知无限伤春意,尽在停针不语时"的入痴意态,"金针入处俱心痛,素线穿时恨共长"的蚀骨心境,以及"留得当时临别泪,经年不肯浣衣裳"的一往情深,颇能表现中国女性特有的一份温婉、细腻,特有的一种心地、灵性,甚至性苦闷。"衣"也包括襟、带等饰物,含有夫妇间一种极缠绵的欢爱意。如繁钦《定情诗》:"日暮兮不来,凄风吹我襟。"李端《拜新月》:"细语人不闻,北风吹裙带。"古人迷信,以为裙带动,预兆着男人的归来,如吴歌:"罗裳易飘飏,小开骂春风。"这是一层意思。又古人往往于襟带上饰有"同心结",如《古诗·盘中诗》:"结巾带,长相思。"敦煌词中的《南歌子》一问一答:"罗带同心谁绾?""罗带同心自绾。"这又是一层意思。至于捣衣的声音,那更是一种深淳的人伦音乐。在南朝萧绎的《金楼子·立言》中,就提到这种使"秋士"们"内外相感"难以为怀的诗化音响。李白的"长安一片月,万户捣衣声",杜甫的"用尽闺中力,君听空外音",都写出了深至的人性,一如陆游《感秋》所叹:"西风繁杵捣征衣,客子关情正此时。"由此看来,"衣"非衣,"衣"在传统诗学中应视为一个约定俗成的情感暗语,它贮存着思念、关切、盼望、依恋、欢爱、伤逝及性苦闷等丰富的、词典所不具有的人文涵义。从语言角度看,"衣"又与"依"、"忆"、"倚"(古诗中"倚门"表家人盼归)音近,在这一组声音里便可以读出一种温情。如葛鸦儿的《怀良人》:"蓬鬓荆钗世所稀,布裙犹是嫁时衣。胡麻好种无人种,正是归时底不归?"第二句,简直可以读出里面"妾心犹是嫁时依"那一层意思来。"衣"在诗韵中又跟"苦心"、"悲音"、"所钦"、"泪流衿"等词同属一个韵部,唯其如此,这些词常常在一起使用而发生"意味互渗"作用,"衣"更成为一个终古常见而光景常新的人伦情味符号。

2

下面再说说小说中的"衣"。

明末名士陈子龙描写柳如是的《蝶恋花》词,有句云:"枝上流莺啼不绝,故脱馀绵,忍耐寒时节。"陈寅恪解释说:"'馀绵'谓当日女性卧时所着之绵紧身也。可参《红楼梦》第壹佰玖回'候芳魂五儿承错爱'节。"(《柳如是别传》上册,第二六九页)。其实,《红楼梦》中用"衣"来作男女之词,全书随处可见。下面,试以宝玉与从姐妹的关系为中心来叙述。

宝玉与宝钗。第三十六回"绣鸳鸯梦兆绛芸轩"。一天中午,宝玉在睡午觉,袭人在床边做针线。宝钗进屋来,接过袭人手中的针线活儿来看,原来是件上面扎着五色鸳鸯戏莲花样的红兜肚。"宝钗只顾看着活计,便不留心,一蹲身,刚刚的也坐在袭人方才坐的那个所在,因又见那个活计实在可爱,不由的拿起针来,就替他作。"这一段有两层意蕴,一是宝钗取代了袭人,另构成了一幅《夏日侍睡女红图》,接下来写黛玉窗外窥见,"早已呆了",正是说这幅图的美处。再就是古人将贴身的衣服,看得很神圣的。宝玉的兜肚,必然地具有宝玉最隐秘的生命气息,接触这个兜肚的人,一定能感应这种气息并传递某种信息,这就是宝钗"不由的拿起针来,就替他作"的潜意识的心理原因。

宝玉与黛玉。第十八回"林黛玉误剪香囊袋"。宝玉在贾政面前作诗,得了表扬,一出门,就被几个小厮围住,要他赏钱,一个要解荷包,一个来解扇囊,不容分说,将宝玉所佩之物尽行解去。黛玉听说,将正绣着的一个荷包,一赌气几剪刀铰破。因为,她以为自己送宝玉的那个荷包,当然也在臭小厮们抢去之列了。荷包也是一针一线绣出来的,是情感的符号,荷包还熏着女儿喜欢的香料,更是私己情意的符号,黛玉如何不生气?于是,当宝玉连忙把衣领解了,从里面红袄襟贴身的地方将荷包解下,递与黛玉时,黛玉又如何不感动呢!小小的荷包,竟负荷着又悲又喜、又嗔又爱的情感。再看第三十四回。宝玉叫晴雯送两条手帕给黛玉,为什么这样做,曹雪芹却没有写。黛玉说:"这帕子肯定是上好的,叫他留着用吧,我这会用不着这个。"晴雯笑道:"不是新的,是家常旧的。"黛玉听了,想了想,一下子大悟过来,连忙说:"放下,去罢。"书中写道:"林黛玉已体贴出手帕子的意思来,不觉神魂驰荡。"

宝玉与晴雯。可以说,宝玉与晴雯的感情发展,始终有"衣"在其中穿针引线。第五十一回,袭人不在家,晴雯与麝月服侍宝玉,夜间麝月出去,晴雯要唬她,没有披衣服着了凉,宝玉叫她"快进被来渥渥",这是二人因缘之始,是小儿女毫无心机纯洁动人的情缘。接下来晴雯果然病倒,恰巧宝玉将贾母所赐一件俄罗斯来的孔雀金裘烧了一个洞,明早见不得老祖母。于是正发高烧的晴雯只得奋勇拼命,以至补完之后昏倒在地。后来晴雯死后,宝玉睹物伤心,关起门焚香祭亡魂,词云:"想象更无怀梦草,添衣还见翠云裘。""翠"字,即暗用《诗经·绿衣》典。尤其是第七十七回"俏丫环抱屈夭风流",写晴雯临死前拼尽残存的一点力气,在被窝里将贴身穿着的一件旧红绫袄脱下,要宝玉穿上,说:"这个你收了,以后就如见我一般。快把你的袄儿脱下来我穿。我将来在棺材内独自躺着,也就像还在怡红院一样了……既担了虚名,越性如此,也不过这样了。"这真是中国文学中惊心动魄一幕!晴雯姑娘生命之倔强刚烈、用情之炽热深至,可以使千古而下的至情儿女,皆于此低徊流连,临风三嗅馨香泣。

　　最后,再说说宝玉与袭人、平儿、香菱之间的几件事情。第四十四回,平儿无端受了凤姐的气,宝玉便让平儿到怡红院来,又让袭人拿出两件不大穿的衣服,让平儿换上。平儿换了下来的衣服,宝玉亲自熨了叠好;平儿忘了带上犹有泪渍的手帕,宝玉又亲自洗了晾上,做完这些事,"又喜又悲,闷了一回。"悲的是平儿这样"极聪明极清俊的上等女孩子",竟命该忍受贾琏之俗与凤姐之威;喜的是"竟得在平儿前稍尽片心,亦今生意中不想之乐也。"再看第六十二回,香菱的半扇裙子被积雨污湿了,宝玉说袭人做了一条一模一样的,让香菱换了脏的,香菱笑着摇头说:"不好。倘或他们听见了倒不好。"宝玉执意要她换,香菱拗不过,同意了。"宝玉听了,喜欢非常,答应了忙忙的回家来。……又想起上日平儿也是意外想不到的,今日更是意外之意外之事了。"后来分手时,香菱又特意转身回来叫住宝玉,嘱咐他"裙子的事可别向你哥哥说才好"。这两段关于衣裙的事,之所以宝玉有一种"今生意中不想之乐",缘由不是别的,正可以由中国文学中"衣"与男女之词的传统意蕴来解答。我猜在宝玉看来,袭人是他屋里的人,袭人的衣服自然是他"屋里人"的衣服;那么,平儿与香菱穿上袭人的衣服,在某种微妙的感觉上也就成为宝玉屋里的人了。于是"在姐妹上情重"的多愁多病的公子,可以在他自己的意淫天地中一倾怜香惜玉之情。聪明的香菱,自然懂得,所以先是推辞说"不好",后是笑着说"可别向你哥哥(薛蟠)说"。个中滋味,令人如食青果,味长而美。

中国文学不长于西方式的心理剖析,但中国文学有自家独特的抒情写人方式,"衣"与男女之词,即为典型。

敬　　启

　　因为某些技术上的原因,致使本书的个别作者尚未能联络上。敬请见书后,即与责任编辑联系,以便我们及时奉上样书与薄酬,并敬请见谅。